宇
YOU KNOW MY NAME
NOT MY STORY

宇宙人のあいつ

ヤキニク
サヤタ

宇宙人のあいつ

宇宙人のあいつ

脚本・飯塚 健／小説・国井 桂

朝日文庫

本書は、二〇二三年五月公開の映画『宇宙人のあいつ』の脚本をもとに小説化したものです。小説化にあたり、変更がありますことをご了承ください。

宇宙人のあいつ

大抵の地球人は忘れている。

この宇宙に生きているのは、地球人だけではないということを。

大抵の地球人は知らない。

他の星に棲む生き物にも、「心」があるということを。

これは、地球の片隅日本の、そのまた片隅高知の、そのまた片隅の街に住む、ちょっと変わったきょうだいとある地球外生命体が織りなす家族の物語である。

1

高知の海は暁に染まっていた。空と水平線の境目は曖昧で、波は穏やかだ。遠くに浮かぶタンカーのシルエットはまるで小舟のようだ。ゆっくりと朝陽(あさひ)が昇っていき、夜は名残惜しそうに撤退していく。

いつもの朝――のはずだった。

突然、ものすごい勢いで「何か」が空中を突っ切っていった。それは飛行機雲のような軌跡を描いて上空へ進み、あっという間に見えなくなった。

飛行機雲の尻尾をたどってみると、それは地上につながっていた。海沿いの国道と細い県道がＶ字に交差する細長い三角形の土地。その鋭角な角に建つ焼肉屋がその出所だった。

焼肉ＳＡＮＡＤＡ。それがこの店の屋号なのだが、店の大きさに比べて若干大きすぎるアルファベットのサインが一文字ずつ屋根に設置されていて、夜は派手にライトアップされ、誘蛾灯(ゆうがとう)のように国道を走る車を呼び寄せる。

今、そのＡとＤの間に大きな穴が開き、至るところでチロチロと炎が揺れていた。まさに店全体で焼肉をしているかのような煙が屋根から噴出している。

一人の男が屋根の上のAにしがみつき、なんとか落下を免れようとジタバタしていた。が、健闘虚しく、すぐに下の駐車場に落ちた。大の字になった男は死んではいないようだ。黄色の縁取りのある緑色のベルベットの上着はモンゴルの民族衣装によく似ていて、体型ともどもなぜか「西遊記」に出てくる猪八戒にそっくりである。

男の名前は真田夢二。四十歳になる焼肉SANADAのオーナーである。

「いってぇ～～～！」

夢二が叫ぶと、その声を合図にすぐにAも落ちてきて、直撃こそしなかったものの、夢二の上に倒れかかった。

「やっべぇー！　Aで動けねぇ」

まさにA地獄である。短い手足をバタバタさせるが、Aは動かない。

店のドアが開いて、若い男と女が飛び出してきた。なんとか夢二を救出する。その間も夢二は痛いということの他に「ヒデオッッ！」と叫び続けていた。

とにかく三人は慌てていた。お互いにわけのわからないことを口走り、会話は全く成立しない。そのうちに屋根からSとNとAも落ちてきて、店の前に飾られていた、牛を夢二そっくりに擬人化した看板が燃え始めた。

「おもかじ、逃げろーっ！」

　後から出てきた若い男が夢二と女をひっぱって、国道の向こう側へ避難させる。三人は呆然と燃える店を見ていた。

「……日出男ぉぉぉ！」

　夢二が再び店の方へ駆け戻ろうとするのを、二人が止める。

　女は夢二の妹真田想乃。今年三十一歳。男は末の弟真田詩文、二十七歳だ。

「夢二っっ！」と想乃が必死で分厚い腹を押し留め、「死ぬぞっ」と詩文がはがい締めにしようとするが、夢二は「日出男ぉ！」と叫んでは駆け寄り、また引き戻されていた。

「なんで？」ついに想乃が夢二に尋ねた。

「……そういうもんだろ」と、夢二は質問の意図がわからぬというように答えた。

「そんな『そういうもん』はしまっとけ！」

　そして、想乃と詩文は声をそろえて「バカが！」と叫んだのだった。

「おまえら、兄貴に向かってその口のきき方はなんだ！　てか詩文、なんでアイス持ってんだよ」

　詩文は青いプラスチック製のピックに刺したチョコレートコーティングされたアイスを持っていた。

「もったいねえじゃん」

「バカが！」

　そのやりとりを見ていた想乃がしれっと背中に隠したのは、みたらし団子である。火事場の馬鹿力という言葉があるが、人は切羽詰まった時にはアドレナリン効果でとんでもない力が出ることもあれば、貴重品より目の前の食べ物を持って避難することもあるのである。

「じゃ、もういいよ。もう止めないから行けよ！」

「そうだ、行け！　燃えてこい！」

想乃と詩文は夢二をあおった。だが、その実二人とも必死で涙を堪えていた。

夢二は妹と弟の気持ちにようやく気づいた。

そして、円陣を組んで抱き合うと、三人は声をそろえておいおい泣き出したのだった。

想乃の団子からはタレがまるで涙のようにポタポタと地面に落ちていった。

屋根から落ちたアルファベットの看板は、なにやらメッセージになっていたのだが、この時の彼らは気づくことはなかった。

　すっかり明るくなった空へ伸びる飛行機雲のような煙は、そのもくもくとした勢いを徐々に失いつつあった。空は何事もなかったかのように平和に晴れていた。

これは真田家の次男真田日出男が土星へ飛び立った直後の出来事である。

物語はやがてここへ帰還するのだが、まずはさまざまなことがややこしい展開を見せ始めた一カ月前に遡ることにしよう——。

2

焼肉ＳＡＮＡＤＡは賑(にぎ)わっていた。なんと外まで順番を待つ客があふれるほどである。店の表には、鼻輪をした夢二そっくりの顔をした、丸々と太った牛の全身にカルビ、ヒレ、サーロイン、スネ、タンなど肉の部位を示した看板が立てられていて、想像力が食欲に直結する客の胃袋を刺激している。

看板にはスピーカーが取り付けられていて、録音された夢二の声が自動的に呼び込みをしていた。

「いらっしゃいませ、いらっしゃいませ、焼肉ＳＡＮＡＤＡへようこそ。肉を焼いて食べるだけ。これが原始時代から続く焼肉！　肉！」

店内は、強力な排煙設備を備えているものの、うまそうな匂いとともに霞(かすみ)がかってぼやけて見えた。満席、商売繁盛である。

「絶対うまいから」とドヤ顔で友人を伴って入ってくる客に「いらっしゃいませェ」とちょっと舌足らずな日本語で接客するのは韓国から来た留学生ヨンソだ。ジーンズを短くカットしたホットパンツから長い生足を惜しげもなく出して、店内を回遊魚のごとく軽々と移動し、注文をこなしている。

レジはフィリピンからの留学生ミゲル。「アリガトゴザイマシタ」の声も慣れたものだ。

機関銃のごとく繰り出される客の注文を涼しい顔でさばいているのは、真田日出男。

真田家の次男で、兄や妹弟(きょうだい)とは全く似ていない。三十半ばだというのに、少年のようでちょっとアイドルっぽい。ほんわかした顔には優しさがにじみ出ている。

客は育ち盛りの子供を抱えた家族連れ、部活帰りの運動部の高校生たち、そしてそれに混じってやたら目立つのが、匂いがつくことも気にせずおしゃれな服を着た若い娘たちである。

「日出男君、一緒に写真撮ってもいい?」

スマホを握りしめ、女性客が上目づかいに日出男に記念写真をねだった。

「ごめんなさい。写真はどうも苦手で」

日出男が心底すまなそうに言うと、さすがに女たちも無理強いはできない。

「えー、もったいない」

「もったいないのは、肉を焼かない時間。ほら、食べ頃ですよ」

日出男はトングを手に取ると、写真をねだった女性客の皿に焼けたカルビをそっと置いた。

「食べさせてェ」

一瞬困ったなという表情を浮かべるものの、日出男は女性の口に肉を入れてやる。食べさせてもらった客は「やきにくう〜〜〜」と当たり前なんだか意味不明なんだかわからない吐息を漏らす。途端に周囲はずるい、私もと大騒ぎだ。

しかし、日出男もそこは慣れたもの。

「あ、グラス空いてる。おかわりどうですか？」

すかさず追加注文を取って笑顔で退却するのだ。

「ケッ。ホストクラブじゃねえんだよ、うちは」

少し注文が落ち着き、厨房からフロアに出てきた夢二がぼやく。要するに自分と違ってモテモテの弟が妬ましいだけなのだが、さすがにプライドはあるようだ。

「なあ、夢二と日出男って、本当に兄弟なのか？」

夢二のぼやきをそばの席で聞いていたのは、同級生ですでに小学生の娘を持つ望月だ。今日も妻と娘を連れて来てくれているありがたい常連客でもある。ちょっとトボけたキャラの幼なじみで、お互い秘密はほとんどない。

「残念ながら他人」

夢二の言葉は誰が聞いても負け惜しみにしか聞こえない。

「モテる弟ほどウザいもんはねえよな」

やはり自身よりはるかにイケメンの弟を持つ望月は同情的に言った。

「モテない妹もウゼえけどな」

夢二にはもう一人ウザいと言いながら心配する妹がいるのである。


そのモテない妹想乃は、この時国道沿いにあるさびれたラブホテル「ラ・マート」にいた。その言葉が何を意味するのか、誰も知らない。周囲には田んぼと畑。そこにこの淫靡(いんび)さときたら、場違いなことこの上ない。

この町では、高校を卒業すると、その多くは都会に出ていく。一方で地元に残った若者のほとんどが結婚するまで親元で暮らす。従って、付き合い始めた男女がそういう関係になった時には、このような施設のお世話になるしかないのである。この夜もすでに半分ほどの部屋が埋まっていた。

どうでもいいが、ラブホテル「ラ・マート」の固定客には、若く健全な恋人たちの他に世間の目をはばかる隣町からの不倫カップルも多い。

かくして想乃もその一室にいる。もちろん独身。相手もだ。そして、事後である。散乱していた服や下着を拾い、そっと身支度を整えた。

ベッドでは一応彼氏の神内雅也(じんないまさや)が爆睡していた。「一応」なのは、本当に恋人なのか、そもそも愛されているのか、自分でもよくわからなくなる時があるからだ。今日だってそれぞれの車で現地集合である。食事もなければ、語らいもない。入ってくるなり、荒々しく一方的に抱き、終わるとすぐに寝てしまった。この間交わした言葉はわずか三語だった。

「よう」「早く脱げよ」「腹減った」

見事にこれだけである。時々こいつは想乃の名前を知っているのだろうかと疑いたくなる時がある。

退室時間が迫っている。想乃は雅也を揺り起こそうとして手を止めた。過去の記憶が蘇(よみがえ)ったのだ。以前、同じ状況で起こした時のことだ。

「ねえ、神君。神君ってば！」

「うっせえッ。俺が寝てたら起こすな！　たとえライオンがそこにいたとしてもなッ」

その言葉と同時にぶっ飛ばされ、一回転して想乃はひっくり返った。あの時はしばらく頭のコブがうずいたものだ。完全にデートＤＶである。再び痛い思いはしたくなかった。

想乃は雅也を起こすのを諦めた。ということは、つまりこの部屋の精算は自分がやらなければいけないということだ。勝手に帰って、残った方が払っていけばよさそうなものなのだが、都合のいい女扱いも四年近く続くと、そんな発想すらなくなってくる都合のいい女なのである。

部屋の片隅にあるシューターにくたびれた財布からなけなしの金を出し、カプセルに入れセットした。エアシューターがロケットさながらに飛び出していき、想乃が必死に働いて稼いだ金を彼方(かなた)に持ち去った。

想乃はそっと部屋を出た。雅也はホテルの清掃係に起こされるまで寝ていることだろう。その人までもがぶっ飛ばされるかどうかは知らない。知りたくもなかった。

駐車場に出ると、来た時より少し冷たくなった空気が想乃を包んだ。自分の愛車に向かう。中古でやっと購入した軽自動車だが、ころんとした形がかわいくて、大切に乗っている。

運転席のドアを開けようとして、何かにつまずき転びそうになった。なんとジャガイモである。なぜこんなところに。しかも、ジャガイモのくせに意外と重さがあったようで、すっかり足を取られてしまった。運悪くちょうど入ってきた若いカップルに見られ、クスクスと笑われた。女一人がラブホの駐車場でけつまずいていれば、人生もつまずいていると思われたのだろう。考え過ぎか。

「……別れろ！」

小声で呪いの言葉をつぶやくと、カップルは「こわ」「ヤバ」と肩をすくめてホテルに消えた。自分を肴にしてあいつらがこの後笑い合うのだと思うとなんとも腹が立つ。

想乃はジャガイモを思い切り蹴飛ばした。すると、ジャガイモは一直線に飛んで、前に停まっていたベンツの右のサイドミラーを直撃した。蜘蛛の巣みたいなヒビが入った。

嘘だろう。つぶれるんじゃないのか、ジャガイモよ。

「……ごめんなさい」

想乃は誰にともなく小さく謝ると、逃げ出した。

回り回って想乃が蹴飛ばしたジャガイモのとばっちりを受けたのは詩文だった。

詩文は家からほど近いガソリンスタンドで働いている。仕事は、給油、洗車その他修理以外の車全般に関する細々としたことである。

二十二時の閉店少し前、一台のベンツが入ってきた。詩文はなぜか嫌な予感がした。

「いらっしゃいませ」

左ハンドルなので、左側の窓がスルスルと開いて若い男が顔を出した。ラフな格好ではあるが、いかにも金だけはあるという風情だ。

「すいません。給油じゃないんですけど、それ、直せます？」と、助手席側のサイドミラーを示した。小石でもぶつかったのか、蜘蛛の巣状にヒビが入っていた。

「あー、これは――修理は午後五時までの受け付けとなってまして」

ってていうか、ベンツならそもそもガソリンスタンドじゃなくて、ディーラーに行けよと思ったが、さすがに口には出せない。

「そうなんだ」

男は案外あっさり引き下がった。

「すいません。明日でしたら」

「明日か。明日なあ……って、待って。詩文君？　詩文君だよね。真田詩文君！」

急に男は興奮して詩文の顔を見つめて叫んだ。

「……え、あ、はい」

詩文の方は男に見覚えがない。

「やっぱそうだ。俺俺俺俺！」

オレオレ詐欺かっていうくらい俺を連発しているが、まだわからない。

「って、ピンときてねえな、これ。中学一緒。中二の終わり、俺が転校するまで」

その言葉で必死に記憶の中の住所録を探る。突然一人の顔に思い当たった。

「宍戸……博文、君？」

改めて車から降りてきた宍戸を見ると、金のかかった格好はいかにも社会人デビューといった感じで、イキがってる様子が板についていない。

「よかったあ、思い出してくれて。俺のあだ名、詩文君がつけてくれたんじゃない」

その若干棘のある言い方に、じわじわと過去が蘇る。

「暗黒時代の始まりだったあ。ま、昔の話か」

そう言いながら差し出して寄越したのは、アメックスのブラックカードだ。そういえば宍戸の親父は中古車販売の仕事で大儲けしたという噂を聞いたような気がする。ということは、このベンツも商売道具なのだろうか。

「とりあえず洗車だけお願いします。あ、カーウォッシャー使わないでね。傷つくから」

口調は丁寧だが、明らかに上から目線である。詩文は手洗いコースでベンツの洗車を始めた。飛び散る水が冷たい。今日は残業になるのか。駐車場の隅に停めた自分の車検間近の中古の国産車が目に入る。

格差という文字が脳裏に浮かんだ。

詩文がヘトヘトになって焼肉ＳＡＮＡＤＡに帰り着いたのは、こちらもちょうど営業時間が終わり、夢二と日出男が店を閉める頃だった。夢二が牛型スタンド看板を片づけ、「本日閉店」の札を掛ける。

日出男は空瓶のビールケースを軽々と運んでいた。細腕なのだが、結構力持ちだ。

「オ疲レサマデシタァ」と、アルバイトのヨンソとミゲルが帰っていった。二人とも近くの留学生専用アパートに住んでいるのだ。

「今日、賄いなに？」

詩文は兄たちに尋ねた。子供の頃から夕飯は店の残り物でつくった賄い飯と決まっている。

「カオマンガイ。二割だけナシゴレン」と、夢二。もはやどこの国のなんの料理だかわからない。

「最高じゃん。いただきます」と、詩文は店内に入っていった。本人はごくごく普通を装ったつもりである。

「……なんかあったな」

夢二が詩文の背中を見送り、静かにつぶやいた。

「え？　別に普通だったじゃん」

日出男にはわからない。

「平気じゃない時、平気なフリをする。それが地球人」

「……なるほど。勉強になります」

日出男は一瞬ためらってから続けた。

「兄ちゃん。俺の話なんだけど、想乃と詩文には――」

「俺から話すよ。俺からうまいこと話しとくよ」

「いや、俺の話だから俺が話すよ。めでたい話なんだし」

日出男がそう言うと、夢二はムキになった。

「俺が話すって言ってんだろ」

「……あっそ」

日出男もあっさり引き下がる。普段はなんでも適当な夢二だが、声が尖(とが)った時には逆らわないことにしている。

「……別にめでたくねえよ」

夢二はなぜか悲しげにつぶやくと、店内に入っていった。

日出男は一面の星空を見上げた。その横顔は何を考えているのかわからないが、少しだけ寂しげだった。

次に入ってきたのは想乃の車だった。ただいまと降り立つ想乃に日出男は言ってみた。

「なにかあった？」

本当は特に異変を感じたわけでもなかったのだが、兄らしいことをしてみようと試してみた。

「え？　なにもないよ。なんで？」

想乃は明らかに動揺している。

地球人は平気じゃない時には平気なフリをする。その法則は有効なのか。なるほど。

日出男は首を傾げると、再び夜空を見上げた。

星は静かに瞬き、月が真っ暗な海面を輝かせていた。

「月がキレイだね」

動揺を隠すように想乃が言う。

「近くていいよね」

「なにが？」

「月と地球」

「え、そう？　そんな近いかな」

会話がかみ合わない。

「子供の頃は、本気で月にうさぎが住んでるって信じてたな」

「え、それは無理でしょう。酸素ないし、水もないから草も生えてないし」

「いや、日出兄、それはわかってるって。それでも昔からそう言われてたき」

「なるほど」

「あとね、かぐや姫。かぐや姫が月から来たってことは、宇宙人だよね。そう思った時は、子供心にショックだったなあ」

「宇宙人だとダメ？」

想乃の言葉になぜか日出男は固まっていた。

「いや、ダメじゃないけど、なんかね。お迎え来るまでの休暇とかだったのかなとかね」

「留学か調査じゃないかな」

想乃はなぜ兄がかぐや姫をそんなにリアルにとらえているのか謎だった。

「あ、ごめん。ヘンな話して。晒いできてるよ」

日出男が先に立って歩き出し、想乃は小さなひっかかりを感じながらも後に続いた。

この時の違和感は翌朝明らかになるのだが。

3

真田家は立派な佇いの味のある日本家屋だった。江戸時代は庄屋だったとかで、地元では一目置かれる存在だったらしい。といっても、今その名残を感じさせるのは、この無駄に大きな家だけである。大きいばかりで維持管理は大変だし、すきま風もすごい。

そして、真田家といえば、真っ先に目につくのが、その表札である。普通表札といえば、かまぼこ板くらいの大きさなのだが、この家は違う。畳一畳分くらいの大きな板に「真田」と黒々と書いてあるのだ。住人たちは決して目立つ性格ではないのだが、家の自己主張だけは一流だった。

ちなみにこの表札にしたのは夢二たち四きょうだいの亡き父真田和男(かずお)である。

この家にきょうだい四人は暮らしていた。中も広々としているのだが、朝食は台所と仏間兼茶の間で正座して食べる。これは両親が生きていた時からの習慣だ。

仏壇は普通の大きさだが、両親の遺影はかなり大きい。遺影の前には店の屋根に載っているのと同じフォルムのSANADAの立体アルファベットが飾られている。

遺影の中の父和男は高校時代は確実にヤンキーだったのがわかる風貌である。そり込みにパンチパーマの名残が窺える。とはいえ、その笑顔は人なつっこく、実際面倒見もよくて焼肉屋の店長時代には多くの近隣住民たちに慕われていた。

母波江は父と同い年で、高校時代はこのあたりでは恐れられたレディースの頭を張っていたというが、遺影には全くその面影はない。ぽっちゃりした人のいいおばちゃん風である。実際子供たちにとっては、怒るとてつもなく怖かったが、ふだんは涙もろく料理上手な母だった。

焼肉ＳＡＮＡＤＡは和男と波江によって始められ、その売り上げで四きょうだいは育った。

さて。後に真田家運命の朝となったこの日の朝食は、白米に味噌汁、焼鮭、玉子焼きといった旅館の朝食のようなメニューだった。朝食当番は日替わり制で、この日の担当は日出男だった。日出男は判で押したようにこのメニューなのだ。そのかわり味は抜群だったので、他のきょうだいたちも最初の頃こそ違うものをリクエストしたのだが、今では何も言わない。

「いただきます」

四人で声を揃える。丼に入れた納豆をかき回し、まずは夢二が必要なだけご飯にかける。次は左隣の想乃だ。まるで杯を回すかのようなおごそかといってもいい儀式である。

「俺、今日は納豆いいや」

想乃の正面に座る詩文が回ってきた丼を拒絶しようとすると、夢二ににらまれた。

「ダメだ。いいか、納豆っていうのはな——」

健康の基本で云々……反論するのも面倒なので、詩文は「はい」と素直に丼を受け取り、申し訳程度ご飯にかけた。丼は詩文の左隣の日出男に回される。

黙々と食事が進み、おもむろに夢二が茶碗を置くと、立ち上がって言った。

「真田サミットを始めます」

これは家族会議のことである。しかし、三人とも一瞬箸を止めたものの、そのまま食事を続けた。

「大事な話が議題やき」

この手の前振りに慣れている想乃と詩文は、気にはなるものの食べる手は止めない。どうせ焼肉屋の売り上げがいいとか悪いとか、近所の冠婚葬祭とか、そんなことだろうと思っているのだ。日出男は一瞬目を伏せたが、表情を変えることなく食事を続けていた。

「どれほど大事な話か、わかりゆうか？」

想乃と詩文は考える素振りはするが、口は開かない。日出男も沈黙を守っている。

「黙ったまんまだと、『わからない』ってことになりゆうが、それはわかるが？」

誰も返事をしなそうなので、想乃が代表する形で「それはわかるよ」と答えた。

「想乃、簡単にわかるとか言うな。これからするのはそういう話やき」

「全然わからん」詩文がつぶやいた。

「詩文、簡単にわからんとも言うな。これからするのはそういう――」

「だから、どういう話なん」

面倒な話ならさっさと済ませてほしくて、つい詩文はイラッとした。

「遮るな。一家の親代わり、長男夢二の話を遮るな。いいか、これからするのは真田家にとって――」

「早くしろよ」

想乃がぶっきらぼうに言う。

「だから遮るな！」

「俺の話なんだよ。実は俺、宇宙人なんだ」

しびれを切らしたように日出男があっさり言った。

「……はい？」

想乃と詩文は予想外の角度から来た意味のわからない発言にポカンと口を開けた。

「だからそれ、俺から話すってユッケじゃーん」

夢二が「焼肉語」で反論する。苛立つ感情を抑える時のクセなのである。だが、日出男はかまわず続けた。

「俺は土星からやってきた。土星から地球観測隊の隊員として派遣されてきたんだ」

日出男は着ている宇宙柄のTシャツの中の土星を指さした。Tシャツには黒地にカラフルな色合いで太陽系のさまざまな惑星が描かれていた。

「……い、いつ？」

そんなバカなと思いながらも、想乃は真面目に訊いてしまった。

「二十三年前。想乃が八歳、詩文が四歳の時だ」

「俺は花の十七歳だった」

「ま、観測隊っていうと厳かか。平たく言えば、留学生みたいなもんかな。ヨンソとミゲルと一緒？」

「……ごめん、日出兄。これ、なんなの？」

詩文は何かの悪ふざけとしか感じていなかった。朝っぱらからやめてほしい。ただでさえ昨日宍戸に遭遇し、嫌な思いをしたばかりなのだ。

「本当だよ。観測隊は南極だけで十分だし、『厳か』の使い方、合ってる？」

想乃はニコリともせずに突っ込んだ。

「違う?」

日出男はあくまでも純粋な目で訊く。

「多分、違う」と想乃。正しくは「堅苦しい」とでも言うところか。

「地球語、難しい」

急に留学生っぽいことを言うものだから、想乃も詩文も反発しか覚えない。

「大体俺、四歳より前の記憶ギリあるし。ブランコしたの覚えてるもん」

「私だってそう。五歳、六歳、七歳……余裕で日出兄おったわ」

「それは操作したからでさ、記憶を」

「エイプリルフールでもきつい」と想乃。

「目的がわからんしね」と詩文も頷く。

「だからユッケじゃん。俺からうまくナムルって。絶対こうなるってホルモン。とにかくこれミノ」

夢二の発言を通訳すると、「だから言ったじゃん。俺からうまく伝えるって。絶対こうなるってわかってたもん。とにかくこれを見ろ」である。

夢二はサイドボードから家族のアルバムを引き抜くと二人の前に広げた。想乃と詩文は面倒くさそうに覗き込んだ。

そして、だんだんと顔色が変わっていった。

「……なんで？」

子供の頃からのきょうだいの写真に、明らかに不自然な空白があるのだ。そこには確かに日出男が写っていたはずなのに、いない。すっぽり抜けていて、背後の景色になっていた。

「な？」

夢二が妹と弟を見た。

「……なんのいたずら？　随分手は込んでるけど」

「いたずらじゃねえっつの！」

夢二が声を荒らげた。

しかし、信じろという方がしょせん無理だ。

割り込むように日出男がスマホを示した。

「想乃、試して」

写真を撮ってみろというのである。仕方なく想乃は日出男に向けてシャッターを切った。すぐに画像を確認してみるが、そこには部屋の中しか写っていない。日出男が写らないのだ。そんなともう一度試すが、同じだった。隣にいる夢二はちゃんと写るのだから、説明がつかない。

「……なんで？」という言葉しか出てこない。

「な？　わかっただろ」

　夢二にドヤ顔でそう言われても想乃も詩文もわかるはずがない。

「土星人は写真に写れない。そういう性質なんだ。地球人が火に弱いとか、そういうのと一緒」

「……だからって、土星人なんて急に信じられんが。てか、土星人って今人生で初めて言ってるから」

　想乃は混乱していた。

「だったら思い出してみろ。後ろから日出男を呼んだ時のことを」

「……今度はなに？」

「土星人は振り返れないんだよ。首だけでこうクルッてできないから」

　夢二は身体(からだ)はそのままに首だけ後ろを向いて見せた。

「身体ごとこうなっちゃう」

　日出男は全身で反転して見せた。もはやふざけているのか真面目なのかわからない。

それでも想乃と詩文は必死に過去の記憶をたどった。

想乃は庭で洗濯物を干していた日出男に靴下が落ちているのを指摘した時のことを思い出した。確かにくるんと全身で振り返っていた。

詩文は商店街のパチンコ屋で「日出兄、日出兄、待って待って」と声をかけた時のことを思い出していた。確かにくるんと全身で振り返っていた。

そんな光景のいくつかは確かにあったが、だからといってそれが土星人の証拠だと言われても。

「……な?」

夢二が念を押すように二人に言った。

「さっきからそれ、なんだよ。『な?』一文字に載る重さじゃないんだよ、土星人を信じろって話は」

想乃は既にキレそうになっている。

「で、地球観測隊の任期は?」

夢二が日出男に尋ねた。

「丸一年」

「だったな」

それを聞いて、想乃はますます苛立った。

「言ってること無茶苦茶。私、今三十一歳。八歳の時に来た？　で、丸一年？　は？　意味わからんし」

「本当だよ」詩文も同調した。

「だからまずその話をしたかったの、今！　絶対疑問になるから。なのに遮るからやろ、長男夢二の話を」

「……ごめん」

想乃と詩文は同時に謝った。ここはもうとにかく話を聞くしかない。理解できるかどうかはまた後の問題だ。

「よく聞けよ。丸一年というのは、土星の時間でいう丸一年のこと。つまり土星の丸一年は地球の丸二十三年に匹敵する」

「……『インターステラー』みたいなこと？」

詩文は近未来の地球から人類が居住可能な惑星探索を行うために別の銀河系へと有人惑星間飛行をする映画をとっさに思い浮かべ、言ってみた。映画の中では、他の惑星の数分が地球では何年もの時間に相当するというシーンがあったからだ。

「『インターステラー』観てないけど、多分そんなこと」

夢二もかなり適当である。

「あれッ、日出兄が消えた！」

想乃が叫んだ。さっきまでそこにいた日出男が音もなく消えていた。

「うん。確かに消えたな。けど、いるよ、そこに変わらず」

夢二はまったく驚いていなかった。想乃と詩文はキツネにつままれたような気分だった。

「地球人には見えないだけ。アイアム、スペースマン」

日出男の声がすぐそこから聞こえ、日出男のグラスが宙に浮いた。かなり不気味な光景である。

「……そんなハラミ」

想乃と詩文の声がハモる。言うまでもないが、「そんなバカな」である。

「な？」

夢二の渾身(こんしん)の「な？」が出た。

グラスは、人が飲むように傾いたかと思うと、中のオレンジジュースは消え——はせずにすべてテーブルの上にこぼれた。

「怖い、怖い。なになになに」

想乃と詩文は震えた。

「日出男！　おまえ、その状態で飲み食いできねえだろ。戻れ、バカ野郎」

「あはは。ごめんごめん」

突然日出男の姿が現れ、テーブルを拭き始めたが、本人は片腕が消えたままなのに気づいていない。あまりにも衝撃的な光景に想乃も詩文も気を失う寸前だ。

「気絶しようとするな」

「したくもなるよ」

「すっげー、驚いてる」

こうまで想像を超えたことを見せられて、想乃と詩文もさすがに突然の突拍子もない告白を信じ始めていた。もちろん理性は兄が土星人という事実を信じることに徹底的に抗(あらが)っているのではあるが。

そんな妹と弟を見て夢二もかわいそうになってきたらしい。席を立つと先程アルバムを持ち出したサイドボードから一冊の絵本らしきものを取り出してきて言った。

「俺も最初はそうだった。親父に急にこれ渡されてよ。母ちゃんと一緒に書いたってよ」

二人の前に差し出されたのは、『宇宙人のやつ』という題名の薄い絵本。

「全部ざっと書いてあるからって」

夢二が本のページをめくると、大きな活字と水彩画の宇宙のイラストが目に飛び込んできた。絵が得意だった母が描いたのだろう。

「……後で読むわ。今もうパンパン」

想乃は脳味噌がこれ以上情報を入れるのを拒絶しているという意味で言った。

「で、その地球観測隊の――」

「だから、今もうパンパン！」

さらに説明を続けようとする夢二の言葉を想乃と詩文が同時に遮った。

しかし、夢二は止めない。

「任期がもうすぐ終わる。めでたいことにな」

「……もうすぐって？」

想乃が恐る恐る聞いた。なんだか嫌な予感がした。

「残り一カ月」

日出男は心なしか少し嬉しそうだ。

「……終わったらどうなるの？」

「そりゃあ帰るよ、土星に。生まれた星やき」

宇宙広しといえど、土佐弁を話す土星人は日出男だけだろうと想乃はぼんやりと思った。

「あれかな？　地球人がいったん東京に出て、結局地元に帰るのと一緒」

「……さっきから一緒一緒ってくってくるやつ、全然一緒じゃないから」

想乃はツッコミを入れずにはいられないが、詩文はすでに泣きそうになって言った。

「帰ったら、もう会えないってこと？」

日出男は小さく頷いた。

「どこがめでたいが。家族が減るってことやろ」

「日出男からしたら、めでたいだろうが」

夢二にそう言われれば、想乃と詩文は反論できない。自分たちだって生まれ育った故郷を離れて違う土地で暮らせば、里心がつくだろうということは容易に想像できる。

「で、帰るに当たって変態が一つある」

「問題でしょ。なに？」

そういえば、日出男は昔から日本語が少しおかしかったなと、想乃は今さらながら思い出し、冷静に訊いた。

「……この俺、トロ・ピカルが土星に帰るには——」

「ん、ん、ん、ん？　なに、そのトロ・ピカルってのは」

「ああ、本名。土星での俺の名前。トロ・ピカル」

想乃と詩文は啞然とした。なんだその緊張感のないリゾートチックな名前は。

「やっぱ今読むわ」

想乃は絵本を開いた。

「日出男、それは本当の話かい？」

「あ、夢二も初耳？」と詩文。

「絵本にもなかったぜ」

「書いてあるじゃん」

想乃が絵本の該当個所を指さした。どうやら肝心のところを夢二は読んでいなかったらしい。

「で、この俺、トロ・ピカルが土星に帰るには――」

「ダメだーーッ！」

夢二と詩文の声が重なった。

「全然入ってこない！」

想乃が低い声で言った。

当たり前といえばあまりに当たり前だ。きょうだいのうちの一人が土星人で間もなく生まれた星に帰るという。そんなかぐや姫みたいな話を突然されて、「はい、そうですか」と納得できる人間がいるはずもないのだった。おまけに本名が「トロ・ピカル」ときた。想乃だけは、前夜のかぐや姫を巡る日出男との会話を思い出し、ああ、あれは日出男なりの伏線だったのかとぼんやりと考えていた。だからといって、心の準備ができたわけではもちろんない。

日出男が心の中で（地球人は突然意外なことを言われるとパニックになり、理解を拒む）とメモしたことを三きょうだいは知らない。

こうして真田家の朝の食卓は完全にパニックとなり、真田サミットは衝撃のうちに宙ぶらりんで終わったのだった。

想乃と詩文を仕事へ送り出し、洗濯物を干しながら日出男は空を見上げた。昼間だから星は見えない。まして楕円形（だえんけい）の軌道を持つ土星は地球から近いところでおよそ十二億キロメートル、遠いところでは十六億キロメートル離れているのだ。故郷は実に遠い。ちなみに月は三十八万キロメートルだから、本当に近い。かぐや姫がうらやましい。

「一年かあ……あっという間だったなあ」

日出男の体感としては、地球の二十三年は変化に富んではいるものの、早回しのビデオを見ているような感覚だった。もしも地球人が土星に来たら、どう感じるのだろう。

地球では土星の研究がまだ全く進んでいないから知られていないが、土星では高度な文明が栄えている。土星人は地球人よりはるかに知能が高いため、無駄な争いをすることもない。それを地球人のような感情的な生物が平和と感じるのか退屈と感じるのか。日出男には想像がつかなかった。

土星では地球でいうところのエリート科学者として太陽系の研究を進めていた日出男は、好奇心が強く、土星では変わり者とされていた。しかし、地球に住んでみて、結構水が合っていると感じていた。

生まれた星は懐かしいが、いっそこのまま地球に住み続けるのも悪くないと考え始めている自分に気づき、日出男はそのことが自分でも意外だった。

4

想乃は一心不乱にガラス瓶を色別により分けていた。オレンジ色の半透明の資源ごみ袋を椅子に座った股の間に置き、軍手をはめた手はもはや精密な機械のようだ。放り投げた瓶のガチャンという音は考え事をしている時には気にもならない。

想乃の勤務先はクリーンセンターである。田んぼの中に建てられた巨大な建物からニョッキリと突き出た煙突からは、焼却ごみの煙がもくもくと上がっている。この煙は遠くからでも見える。車で職場に向かうたびに想乃はのろしのようだと思っていたのだが、今日はさらに連想が膨らんだ。

――日出兄はどうやって土星と連絡をとっていたのだろうか。

通信機みたいなものは一度も家で見かけたことはないし、日出男が知らない誰かと連絡を取っている様子もなかった。そもそも想乃が物心ついた時から、日出男は女の子にモテにモテで――そこが夢二との大きな違いなのだが――いつもはにかんだような笑顔で「ごめんね」と振り続けていた。人付き合いといえば数少ない友達とたまに草野球や飲みに行く程度で、謎めいた行動は皆無だった。

無意識に手に取った次の瓶は緑色だった。毛のない不気味なボディに真っ黒なスイカの種を大きくしたような目をした宇宙人がラベルに描かれたアップルサイダー。このラベルの絵こそ地球人が考える典型的な宇宙人の姿である。

たまらない気分になって、思わず隣で作業をしていた中野あかりに声をかけた。

「あかりさん。変なこと訊くけど、宇宙人、いる派？　いない派？」

「絶対いる派です」

「え、即答なんだ」

ちなみに想乃よりも六歳も年上なのにあかりが敬語なのは、職場では想乃の方が先輩だからだ。そのあかりは宇宙人は絶対いると思っているらしい。

「強力な支持者だった……。なんで？」

「だって想乃さん、地球が卓球の球だとしたら、宇宙って四国より大きいんですって。だったら地球人だけしかいないって考える方が無理ありませんか」

そう言われると、反論する言葉もない。

「どうして急に宇宙人なんですか」

普段現実的なことしか言わない想乃の奇妙な質問がひっかかったようだ。しかし、さすがに兄が土星人だったからとは言えない。

「最近テレビで『E.T.』やってたでしょ。ってだけ」

たまたまつけたテレビでやっていた昔の大ヒット映画を目にしたのは本当だった。我ながらうまいごまかし方だ。

「あ、うちも見てました。そしたら娘が——」

「泣いちゃった？」

想乃が先回りして言う。

「逆で」

「そっち？」

「『茶色くても同じヒトです。茶色くても同じヒトです』って」

「ゆめちゃん、いいこと言う」

あかりの一人娘ゆめはちょっと変わった女の子なのだが、直感的に言う言葉は大概間違っていない。むしろ真理を衝いている。

そうだよな。宇宙人はいて当たり前なのだ。そこはいい。むしろ納得だ。だが、なぜそれがうちの兄貴なのだ。なぜこんな高知の片隅のごくごく普通の家庭にいるのだ。

あ、そういえばかぐや姫は竹取のおじいさんとおばあさんのところに来た。なにか同じような理由でもあるのだろうか。

想乃はいつもより作業の効率が落ちているのを自覚したが、どうしようもなかった。

詩文は憂鬱だった。日出男が土星人だったという告白は当然のことながら消化しきれていない。ちょうど洗車後の窓拭きをしていたお客の車のルームミラーに「TROPICAL」と書かれた椰子の実をかたどったマスコット型の芳香剤が見えた。つい日出男の本名トロ・ピカルを思い出した。

マジか……。

だが、忙しいガソリンスタンドの仕事中に家族の問題について考えている暇はない。

「詩文、こっち代わる。来てるぞ」

同僚が走ってきて、詩文の手からダスターを奪い取ると、奥を見るよう促した。見れば、ベンツのソフトトップのルーフがウィーンと音を立てて畳まれていくところだった。

オープンカーとなった車から降りてきたのは、宍戸である。

「いらっしゃいませ」

詩文は憂鬱な気分を抑え込み、一般の客として対応した。

「ミラー、よろしく」

ヒビが入ったサイドミラーはディーラーではなく、あくまでこのガソリンスタンドで修理させたいらしい。

「かしこまりました」

「あと、それ捨てといて」

人さし指と中指を詩文に向けてキザったらしく言うと、宍戸は店の休憩スペースへゆっくりと歩き去った。それと言われたのは、四十五リットルの大きなごみ袋だ。なぜこんなものをわざわざ持ってくるのだ。

「……かしこまりました」

ごみ袋を取り上げながら、詩文は嫌な予感に襲われていた。

そして、焼肉ＳＡＮＡＤＡである。今日も相変わらず繁盛しており、夢二と日出男は息つく暇もない。

厨房に日出男が下げた皿を運んできた。

「はい、タンそのまんま」

すかさず夢二が切っていないやたら大きなタンを載せた皿を台に滑らせる。客が好きな大きさに切って焼くという横着極まりないメニューは忙しさゆえに生まれた商品なのだが、意外にも人気なのである。

そして、夢二はそのまま注文のことでも話すように続けた。

「日出男、したいこと、リストにしろ」

「したいこと？」

「地球で。残りの時間でどこ行きたいとかなんでも」

「叶えてくれるの？」

「モノによる。金くれとかはダメ」

「言わないよ。そもそも土星じゃ使えない」

「一卓さん、ドリーミン、四ついただきました」

ヨンソが入ってきて注文を入れる。続いてミゲルも来た。

「三卓さんもドリーミン、二ついただきました！」

ドリーミンとは、夢二が自分の名前にかこつけてつけた正式名称「夢二ライス」という丼料理である。店内の写真つきメニューには、赤い背景に料理の写真より大きく「夢二ライス」という文字が躍っている。

『Dreamin'

ボリューム満点　コスパ最強DOON！

相性抜群。チキン南蛮・ユッケ・カツオのたたき黄金トリオが夢の〝ＧＩＧＳ〟!!

九百円（税込）　大盛りできます』

丼の真ん中にはユッケの上に載せた大根の薄切りを皿にして玉子の黄身がつやつやと光っている。添えられたライムの薄切りがさりげないさわやかさも演出していた。

忙しさのあまり兄弟の会話はそこまでになったが、日出男はちょっとジーンとしていた。夢二は自分がいなくなる前に地球人が思い出とか呼ぶものをつくろうとしてくれているらしい。極めてドライな考え方をするのが当たり前の土星人にとって、相手の気持ちをやたら考える地球人の生き方は、最初は煩わしいと思ったのだが、慣れてみると、なかなか心地いいものだった。

翌朝。

夢二、想乃、詩文がまだ眠っている中、日出男は一人家を抜け出して、天狗（てんぐ）高原に来ていた。一面の荒野である。人の気配どころかおよそ動くものは見えない。

何度も来ているため、ゴツゴツとした岩と砂にも足を取られることもなく、日出男は断崖近くまでまっすぐ進んだ。賽（さい）の河原かと見紛うような積み上げ方をした石の塔があった。それは日出男の背丈ほどもあり、物理的にあり得ないはずの高さなのに、崩れる気配もなかった。日出男はその石の塔に向かって進んだ。家族やお客に見せる顔とは違い険しい表情だ。

「結論は出たか？　出てないね」

どこからともなく声が聞こえた。その後わざとらしい咳払い(せきばら)があって、威厳に満ちた声に変わった。

「トロ・ピカル、おまえがこの惑星に来た使命はなんだ？」

「……家族という概念を調査すること」

「それから？」

日出男はある言葉を言った。その顔は、家族の誰も見たことがないほど悲しげなものだった。

5

クリーンセンターは、市街地から遠く離れた場所にあるため、敷地は広く、構内には桜並木があった。季節はちょうど桜の開花が始まる直前で、薄いピンク色のつぼみがちらほら目立ち始めているところだった。人間が生きていくだけで排出するごみの処分場でも、美しい自然の息吹は感じられるのだ。

想乃は仕事を終えて表に出るこの時間が好きだった。人間が出したごみを処理すれば、世の中はちょっとでもキレイになると信じられるからだ。

駐車場へ向かう途中でスマホにメッセージが入ったと知らせる着信音が鳴った。神内からである。どうせ気まぐれに連絡してきたに違いない。でも、こちらから連絡しなければいけないと思っていたところだ。

『今日、どう?』

『うん。ちょうど話があるんだ』

『だったら、また』

なんなんだ。エッチ以外のことはいらないということなのか。勝手過ぎる。

そこで想乃はなにかにつまずいて転びそうになった。見れば、またしてもジャガイモである。

「なんで最近ジャガイモが落ちてんだよッ」

思い切り蹴飛ばそうとしたのだが、見事空振り。間違いなく当たったはずなのだが、ジャガイモの方がまるで自分の意思で逃げたように見えたのは、神内に対する怒りで、感覚がおかしくなっているせいだろうか。

やるせない思いで歩き出すと、桜の木の前にあかりの娘ゆめがいた。ゆめは八歳。ワカメちゃんヘアからのぞく太い眉毛に意志の強さが見える。

ゆめは赤いランドセルを背負ったまま、桜の木を見上げてスケッチしていた。

「桜が咲きそうです。桜が咲きそうです」

ゆめは心に強く思ったことは二回繰り返す。

「ゆーめちゃん、お母さんもすぐ来るよ」

「想乃ちゃん、ジャガイモ蹴っちゃダメだよ」

「そうだね、ごめんごめん」

見られていたのか。少し恥ずかしくなって想乃はジャガイモを拾おうと探したのだが、なぜか見当たらない。カラスかネズミが持ち去ったのだろうか。まあいい。今の想乃には細かいことを気にしている余裕はなかった。

ゆめの絵は定規を使って線を引いたかのようにきっちりと建物が描かれ、桜の花はクローズアップして中央に大きく描かれた個性的な構図だった。

「上手だよねえ。私、絵心ないからさ、ホント尊敬する」

ゆめが画用紙から目を離さずにつぶやいた。

「想乃ちゃんが悲しんでいます。想乃ちゃんが悲しんでいます」

どういうことだろう。想乃は不思議に思いながら否定した。

「そんなことないよ」

「ううん。ちっちゃい想乃ちゃんが悲しんでいます」

「え――」

ゆめは顔を上げると、想乃に近づいてきて、そっと想乃のお腹（なか）に触れた。

「ちっちゃい想乃ちゃんが悲しんでいます」

想乃は絶句した。まだ誰にも話していないのだが、想乃は妊娠四カ月だった。もともと生理不順で、ストレスで遅れているだけなのかと思っていたが、念のためにと婦人科へ行き、正式に診断されたのが先週のことだった。もちろん神内との子だ。神内と話したかったのはこのことだったのだが、ラブホテルでは話をするどころか、やることだけやったらさっさと眠ってしまったし、さっきのメールでは面倒くさいことには関わりたくないというのが見え見えである。

結局神内にとって想乃はメシとセックスだけしか用がないのか。そういう男だと、知っているつもりだったが、やはりヘコむ。

だが、ゆめには想乃の苦しさが伝わってしまったらしい。

「あ、お母さん、おかえりなさい！」

ゆめが走り出した。あかりが向こうからやってくるところだった。

まるで何年も離ればなれだったかのように母娘が再会を喜んでいる横で、想乃は込み上げてくるものに抗えずにいた。孤独を感じて、でも、どうしていいかわからなくて、ただ必死に涙を堪えていた。

「ただいま、ゆめ」

「どうしました？　ゆめがなにかしましたか？」

あかりが心配そうに顔を覗き込んでくる。想乃は絞り出すように違うと首を振ることしかできなかった。

ガソリンスタンドには、この日も宍戸が来ていた。ほとんど満タンなのにガソリンをほんの少し入れ、「それ、捨てといて」のひと言でごみ袋を詩文に押しつける。この日はついにそれが三袋になっていた。

「ありがとうございました――」

キャップを取って深々と頭を下げ、走り去るベンツを見送る。屈辱の極みである。

「ふざけやがって。なんなんだよ、あいつ」

その声は当然ながら宍戸本人にも同僚にも聞こえない。昔の同級生が金持ちになったからといって、なぜこんな嫌がらせをされるのか。詩文にはどうしてもわからなかった。そして、誰かの悪意を感じるというのは、心の底がどんより重くなるほど嫌なものだ。

重たい気分のまま仕事を終えて、兄の店へ帰る。駐車場にはすでに想乃の車が停まっていた。

店へ入る直前に詩文はなんとか笑顔を顔に張り付けた。店の通路を通っていくと、客足も落ち着いたらしく二組ほどの客がいるだけだった。

「ただいま」

「おかえり」

夢二が迎える。

「今日、賄いなに？」

「チキン南蛮オーロラソース。二列だけタルタル」

「最高かよ」

想乃はすでに厨房の片隅で食べ始めていて、詩文を見ると口をモグモグしながら「お

「おかえり」と言った。オーロラソースとタルタルソースの加減が絶妙で、確かにうまそうである。

「ただいま。悩むなあ。けど、まあ六：四で――」

「夢二ライス？」と夢二が先回りした。

「夢二ライス」

詩文は決めた。なんだかんだで兄にはいつも詩文の食べたいものがわかるのだ。

「はい、ドリーミン、喜んで。どしたの、詩文。元気ないネ」

ヨンソは注文を受けながら、詩文がドキッとするようなことを言う。

「そんなことないでしょ。今ダブルソースにテンション上がったき」

「上がったなら、下がったってことだよ」

「ヨンソ、日本語うまくなったなあ。留学生の鑑だな」

ヨンソが焼肉ＳＡＮＡＤＡで働き始めて二年になるが、ちょっとどうかと思うような

言い回しや土佐弁を含めてめきめき日本語が上達し、どうやらもともと持っていたらしい人の感情を感じ取る力もあって、時々こうしてドキッとするようなことを言う。

とりあえず詩文は笑ってごまかし、本当は大して食欲もないのだが、夢二ライスをうまそうな顔をつくってかき込んだ。

そろそろ閉店時間である。店内は静けさを取り戻しつつあった。

兄と妹と弟、そしてヨンソとミゲル。いつもと変わらぬ日常の風景である彼らを日出男が愛(いと)おしそうな目で見ていた。


その夜遅く、日出男は明かりを落とした居間で家族写真を見つめていた。両親と夢二、想乃、詩文が肩を寄せ合い、幸せそうに笑っている。五人の中央には不自然な空間がある。撮影した時にはもちろんその場に日出男もいたのだが、こうして現像された写真からは消えてしまう。

土星にも写真と似たようなものはあることはあるのだが、基本的に外見が皆同じなので、画像記録を残そうと思う者はほとんどいない。だから、日出男には最初地球人が思い出と称して写真をやたら残したがるのが不思議だった。その理由は、見た目も一人一人全く違うし、服装も違う。感情がもろに顔の表情に表れるからなのだと、だんだんと理解していったのだが。なにより死んでしまってもう会えなくなった者も、写真の中でならその笑顔に再会できる。

そして、こうして写真を撮る意味を知ってみると、これまで地球時間の二十三年の間、地球人に擬態している自分だけが写真の中に残れないことが寂しく感じられる。この疎外感というのもまた、地球にやってきて初めて知った感情だった。

誰かが来る気配がした。日出男は家族写真をさりげなく隠した。風呂から上がり、まだ洗い髪のままの想乃が入ってきた。

「日出兄、まだ起きてんの？」

冷蔵庫を開けてペットボトルの水を取り出し、ぐびりと飲みながら言った。

「ねえ、どんな気分？」

「なにが？」

「地球でたった一人って」

「……まあ、最初は寂しいとかあったけど、俺の体感としては一年のことだからね」

「そっか。そういうことか」

想乃は妙に納得した顔になった。

「想乃だって、一年の留学なら平気でしょ」

「……宇宙、行ってみたかったりする？」

日出男は今日も着ている太陽系プリントのTシャツを示して、探るように訊いてみた。

「そうねえ。興味はある」

「じゃあ、一緒に行っちゃう？」

日出男は想乃の腕に自分の腕を絡ませてノリよく訊いてみた。

「本気で言ってる？」

想乃は笑った。

「浅はか」

「まさか、だね。日本語頑張れ、宇宙からの留学生」

日出男は結構本気で一緒に土星に行かないかと誘ったつもりだったので、浅はかという表現は間違ってない。だが、今は想乃が兄が土星人だということを受け入れてくれただけよしとしようと思った。

「おやすみ」

日出男はそっと居間を後にした。

残された想乃は、日出男の前では騒がず、いつもと変わらない表情をなんとか保つことに実は必死だった。日出男が土星人でもうすぐいなくなる。そのことに感情が追いつかないのだ。

想乃は仏壇の下の物入れから両親が遺した絵本「宇宙人のやつ」を取り出し、読み始めた。

ある日、焼肉屋の屋根に変な形をした宇宙船が着陸しました。

サイケデリックな色彩の絵は母が描いたものだろう。文章は父親か。小さな焼肉屋の屋根の上に肉の色をした宇宙船が乗っかっている。どこからどう見ても巨大なタンにしか見えない。唯一の宇宙船らしさといえば、アンテナらしきものが突き出ている点だ。そして、店の前には、ＳＡＮＡＤＡの赤い文字が散乱している。どうやら屋根に宇宙船が着陸した時の衝撃で落ちたらしい。

店の前には、呆然と見上げている人影が二つ。顔は描かれていないが、恐らく和男と波江だろう。

次のページには、燃え盛る焼肉屋の上で焼けているタン――ではなく煙に包まれた宇宙船と、天に輝く赤い惑星、それを取り巻く輪は黄色で描かれていた。これが土星のつもりなのだろう。

その隣のページには、ピンク色の顔に尖った頭、巨大な目とまんまるな口、そして足元はタコのような足が突き出している土星人が、妙に長い人さし指を掲げていた。


ぼくは、トロ・ピカル。

土星からやってきました。


「え、これが日出兄の本当の姿……？」

衝撃的過ぎる。

次のページはさらにホラーだった。真っ赤な鬼のような和男らしき男の顔のどアップで、土星人が吹っ飛び、若き日の夢二らしき少年が面倒くさそうな表情で寝ころんでいる。


それを聞いたお父さんは激高しました。

「てめえ、そんなふざけた名前があるか！

お前は今日から日出男だ！
夢二、面倒見ろ！」
「嫌だよ、めんどくせえ」
ニッポンを出る男、それが由来です。

「ニッポンを出る」ことが決まっているから日出男？　なんだその安直なネーミングは。いかにもあの親父らしい。

だが、そこまで読んだところで、無理とばかりに想乃は絵本を閉じた。ダメだ。まだ頭と心がついていかない。というか、父よ、怒るポイントは名前か。名前なのか。宇宙人に店を壊されたところじゃないのか。

想乃は頭が痛くなってきた。今日のところは寝ることにしようと立ち上がる。そもそも想乃はまだ誰にも打ち明けられていない自分の悩みだけでいっぱいいっぱいなのだ。

6

朝。サウナスーツ姿の夢二が元気よく家から飛び出していった。いかにも健康的である。ドスドスと走るたびに腹が揺れる。

店の前のテトラポッドの広場で縄跳び、筋トレに汗を流す。しかし、縄跳びは二回でつっかかるし、腕立てはすぐにつぶれてしまう。明らかに慣れていない。付け焼き刃感満載の運動風景である。

それを店の前の駐車場から出勤前の想乃と詩文が見ていた。二人の表情は妙に達観したものだ。もう何度となく見てきた光景なのである。

「あー、今日だっけ」と想乃。

「そ。懲りもせず。金の無駄やき」

詩文に至っては、もはや呆(あき)れるのを通り越して、兄を見る視線が生温かい。

「詩文、早く帰れそう?」

「なるべくそうする」

「私もそうする。じゃ、いってらっしゃい」

「いってきます。いってらっしゃい」

何度となく交わされてきたであろう会話がけだるげに交わされ、想乃と詩文は車に乗り込むと、それぞれの職場に向かって走り去っていった。

ガードレールの陰で、車の行方を見守るように何かが動いた。またしてもジャガイモである。風も吹いていないのに、不自然に動き、まるで三者を観察しているかのようだった。

このジャガイモの正体が明かされるのは、もう少し先のことである。

詩文に対する宍戸の嫌がらせはさらにエスカレートしていた。ついにこの日は車二台の取り巻きまで連れてきて、ごみ袋を詩文の車いっぱいに詰め込んだのである。その取り巻きがいかにもケンカっ早そうで、スタンドの従業員たちも遠巻きにするばかりで詩文を助けようとはしない。皆面倒に巻き込まれたくないのだ。

宍戸はのんきに目薬など差している。詩文は宍戸に詰め寄った。

「宍戸、いい加減にしろよ。あだ名つけただけだろ」

「出た。やった側理論。やられた側の気持ちは無視か？」

やはり中学時代の悪ふざけが原因なのか。それをこんなにも根に持っているというのか。詩文は言葉を失った。

「それよりいい店知らん？　近々忘年会したいき」

「忘年会？」

まだ春先である。なにを言い出すのだ、こいつは。

「そう、桜舞い散る忘年会。暗黒の中二時代を忘れるための。詩文君と再会してから毎日夢に出る。だから、いい焼肉屋があると助かる」

「……おまえ、家族は関係なかろうが」

詩文は低い声で言った。宍戸の嫌がらせがごみを持ち込むだけに留まらなくなりそうな予感に急に恐怖を覚えた。

「頼んでる態度に見えんが」

詩文は土下座するべきかと真剣に思った。しかし、膝をつきかけた時、宍戸が低い声で言った。

「やめろ。変に思われようが。大体一円にもならん」

「家族は巻き込まないでください」

「じゃあ、暗黒時代の一年を三百日におまけして、一日一万換算でどう？　三百万だね。いついける？」

「……そんな金あるわけねえだろ」

「詩文君にあると思ってない。だからこそ家族か便利なATMに走るかや」

入ってきた客がもどかしそうにクラクションを鳴らした。

「あんまり待たせると、店、キレイにしちゃうよ」

そう言い捨てると、宍戸は取り巻きたちとともに走り去った。詩文はどうしていいかわからない。本当に自分は十三年経ってても、ここまで恨まれるほどのことをしたのだろうか。その後、詩文は仕事に集中できなかった。家族にだけは迷惑をかけたくない……。

焼肉SANADAは今夜も大繁盛である。夢二が留守のため、レギュラーメンバーの日出男、ヨンソ、ミゲルに加え、仕事を終えて駆けつけた想乃と詩文も手伝いに入っていた。

いつもは、外の仕事があるのだから無理に店を手伝う必要はないという夢二の言葉に甘えて、賄い飯を食べに来たついでに閉店後の皿洗いや掃除を手伝う程度なのだが、主力の夢二がいないとなれば別だ。

やはりシメの定番メニュー・夢二ライスの注文がバンバン入る。そのたびに店には「はい、ドリーミン喜んで!」という威勢のいい声がこだまする。

今夜厨房には日出男が入っていた。料理を受け取りに来た詩文が思わずこぼす。

「日出兄、いつもこんなに忙しいの？」

「いつもよりマシだよ。はい、夢二ライス、ツー」

日出男が差し出す夢二ライスを受け取り、詩文はホールに急ぎ足で戻る。忙しくしている方が嫌なことを考えなくていい。そう思っていた。


さて、夢二である。忙しい店を留守にしてまで彼はなにをしていたのかといえば——婚活である。それもかなり真剣に取り組んでいた。なにしろ婚活歴もかれこれ十年になろうという大ベテランである。結婚相談所の主である。

夢二は今夜はるばる大阪市内のホテルで行われる婚活パーティーに参加していた。

まずは自己ＰＲタイムから始まった。円形に二列並べた外側の椅子に女性が座り、向かい側に男性が座って、互いのプロフィール表を交換し、三分経ったら男性が隣の椅子に移るというシステムだ。

夢二は勝負服の白いスーツに身を包み、ふだんはドングリにそっくりと言われるマッシュルームカットのサラサラヘアをパンクとロカビリーとニューウェイブをミックスさせたリーゼントにしてキメていた。気分は布袋寅泰（ほていともやす）である。

今、夢二は沼田さちというキレイめOLと向き合っていた。年齢は一回り下だが、かわいくて優しそうで、夢二はかなりテンションが上がっていた。

「あ、『Dreamin'』知らないですか?」

皆、まだ夢を追いかけているかと問いかける夢二の好きな曲である。そして、ギターソロ部分を口ずさむ。自分としては本物そっくりと自負しているエアギターの瞬間芸だ。

「BOØWYなんですけど。知りません?」

「ボーイ?」

さちは「boy」の発音で聞き返してきた。

「あ、いえ、BOØWY」

夢二は平坦な発音で「ボウイ」と訂正する。

「え、ボーイ、ですよね」

「いや、BOØWY。ライブハウス、武道館へようこそって知りませんか」

さちは黙った。そもそもBOØWYが活躍したのは二十九歳のさちが生まれる前のことである。本人にしたら紀元前くらいの感覚であることに気づかないのが夢二のダメなところなのだが、それがわかるくらいなら、とっくに結婚できていたはずである。

だが、さすがにこれ以上BOØWYの話をしても無駄だと悟るくらいの理性はあった。

長い婚活の経験上、相手がキョトンとした顔になったら、その話題は切り上げた方がいい。

夢二はさちに質問した。女は自分のことを訊かれるのが大好きと相談所の担当者にはアドバイスを受けている。

「じゃ、じゃあ逆に沼田さんが好きな曲教えてもらえませんか」

さちはニッコリ微笑み言った。

「大丈夫です」

「『大丈夫です』？　誰の曲ですか。メタルですか」

「いや、大丈夫です」

さちは時間内であるにも拘わらず、夢二にプロフィール表を返して寄越した。これでようやく夢二は「大丈夫です」が、「私のことに関心持ってくれなくて大丈夫。ってかむしろ迷惑なんだけど」と同義であることを悟ったのだった。

その後の結果はもはや言うまでもない。

料理が並ぶテーブルには、例のジャガイモが載っていて、じっと夢二を見ていたのだが、生のジャガイモに手を出そうとする者は誰もおらず、わずかにパーティー主催者が「こんなもの頼んだっけ？」と首を傾げただけだった。

7

翌朝は夢二の心を天が表現したかのように雨がしとしと降っていた。

例によって朝はなんとなく茶の間に集まってくる四きょうだいである。想乃は鏡台の前で化粧、日出男と詩文は歯磨きをしている。口には出さないが、それぞれに悩みを抱えているせいか、空気はどんよりと重い。

中でもわかりやすく落ち込んでいるのが夢二だった。

「……絶対に出ないパチンコみたいなもんだよな」

夢二が真剣に婚活を始めてもう十年。最初のうちこそ強気で、夢二のよさがわからない女なんぞこっちが願い下げだなどと慰めていた妹弟たちだが、もはや慰める言葉もない。

この空気の重さに耐えかねたのが日出男だ。さっと姿を消した。空中に歯ブラシだけが浮かんでいて、父親の遺影の前に移動する。角度によっては歯を見せて笑っている父が歯磨きしているように見える。日出男が土星人だと知る前なら、悲鳴のひとつも上げたかもしれないが、もう誰も驚かない。

「なに、あれ？」と想乃。

「さあ、土星ギャグ？」

しらけた声で詩文が答える。

「すぐ慣れる。地球人の悪いところやき」

消えたままで日出男が言う。ウケなかったことが気に入らないらしい。それに土星人であることをもうちょっと信じられな〜いとか、本当の本当にそうなのか証拠を見せろくらいのことは言われるのではないかと覚悟と期待をしていただけに、あっさり受け入れられたようでおもしろくない。

「消えたり出たりのひとつ覚え」

「土星人の悪いところやき」

姿を現した日出男は完全にスネていた。

「知〜らね。おまえたち、ネットつながんなくなるぞ」

夢二が突然おかしなことを言った。

「なに、それ⁉」

想乃と詩文の声が重なった。

「うちのＷｉ－Ｆｉ、日出男なんだよ。日出男が電波飛ばしてくれてるから、タダでつながるの」

「えええっっ」

妹弟のまたしても驚きの声。

「俺、昔三日つなげてもらえなかったからな。もう多分つながんねえぞ」

想乃と詩文は慌てて自分たちのスマホを取り出しチェックした。本当にネットにつながらなくなっていた。

「謝るなら、今のうちだよ」

土星人であることをカミングアウトした日出男は強気である。

「日出男さん、うっかり口が滑ったんですよ。虫の居所が悪かったといいますか」

「僕も全く同じですう」

「目を見て言ってくれないと、伝わらないなあ」

そう言われても想乃も詩文も困惑する。

「目がどこかって話ですよね」と想乃。

「そうですよね。目を合わせたいんですよ」と詩文。

すると、日出男はもといた場所から離れたところに姿を現した。

すぐさま二人は駆け寄り、ペコペコ頭を下げた。

「しょうがないなあ。狭い心で許そう。ンハッ」

妙な掛け声とともに歯ブラシを頭のてっぺんに立てて見せた。途端に想乃と詩文のスマホのＷｉ－Ｆｉ接続が戻った。

「よかったあ」

またしても妹弟の声がハモる。想乃と詩文は双子かというくらい昔から口に出す言葉がシンクロする。

「広い心ね」

この期に及んで想乃の日本語チェックが入ったが、日出男は気にせず地球人の妹と弟がそれぞれなにに悩んでいるのかを聞きたがった。土星人は意外に根に持たないのである。

「じゃあ、なにがあったのよ、二人は。場合によっては力になるよ。チカラ、バンバン使っちゃうよ」

「私、大したことじゃない。単なる仕事がらみ」

想乃は男兄弟に妊娠したことを告げるつもりはなかった。なにしろまだ赤ん坊の父親とすら話せていないのだ。

「俺もそう」

詩文も同様である。中学時代のイジリが原因で金持ちになった同級生に嫌がらせを受けているとは、今の段階では言えなかった。

「俺、別に元気」と夢二。

「またまた。兄ちゃんは絶対ヘコんでるでしょ」

日出男は断定する。

「じゃ、見てみろよ。ほれ」

夢二はなぜか両手を広げて見せた。想乃と詩文には意味がわからない。

「日出男な、元気を数値化して見られるんだよ」

「サプライズが止まらない！」と、想乃が叫んだ。

実際土星人カミングアウトで今まで隠されていた特性が次々と暴露され、受け入れたつもりでも、まだ、驚きが隠されていたとは。

日出男は「カチ」と言いながら自分のこめかみを押し、まずは想乃を見た。日出男の視界には、想乃の元気指数は24と表示されている。

「ちょ、やめてよ、勝手に」

次は詩文だ。28と出た。

「なにこの感覚。謎にエロい」と、詩文は思わず身体を手で覆う。なんだか服を透かして裸まで見られているような気分になる。

想乃と詩文は日出男に促されてその身体に触れた。こうすると日出男の見ている数値の画像が視界に映るのだった。三人は夢二を見た。なんと元気指数89である。

「本当だ。なんで元気なの？」

日出男が不思議そうに尋ねた。

「俺、四十。ニッチな魅力がちょっと伝わんねえくらいでヘコんでたら、生きていけねえんだよ」

「さすが長男夢二！」

日出男と想乃が同時に言った。

「兄ちゃんのよさがわかるヤツ、じき現れるって」

詩文も加勢し、三人は夢二の背中を励ますように愛情込めてさすった。

ところが、ここで夢二の逆スイッチが入ってしまった。

「本当にそうかな。最近思うんだよね。客が残した焦げた肉見てると、これは俺なんじゃねえかなって。誰にももらわれず、気づけば丸焦げ焦げ助……」

夢二の声は震え、途端に夢二の元気指数は12にダウンした。おもしろいまでに極端である。

「平気な振りだったのか……！」

三人の声が揃った。

「日出男、今日のDO、休んでいいか」

「全然いいよ」

DOとは、日出男が土星に戻るまでにやりたいことを全部クリアしようというTODOリストのことである。

「今日はなにをDOする予定だったの」と、想乃が尋ねた。

「徳島ラーメン行こうって。俺、食べたことなくて」

「ああ、なるほどね。いいとこ突いてくるなあ」

想乃は心底感心した。四国の美味いものを食べさせようという親心みたいなものなのだろう。

「さすが夢二だなあ。わかってるぅ」

詩文もさりげなく褒め讃(たた)える。

「あ、そう？　わかってる？」

途端に夢二は元気を回復する。元気指数は一気に89まで跳ね上がった。単純なのがこの男のいいところである。

「今のはなんていうの」

日出男が想乃と詩文に質問した。カミングアウトしたから今では、知らないことを堂々と訊けるのだ。

「ヨイショ」と想乃、「もしくは魔法」と詩文。

地球人は言葉ひとつで相手の元気指数を上げることができる。日出男のレポートに実例がまた一つ加わった。

8

想乃は妊娠のことを誰にも相談できず、悶々と日々を過ごしていた。こうしている間にも赤ん坊はどんどん育ってしまう。いまだに神内に打ち明けることもできないのは、子供ができたと知ったところで、絶対に結婚しようなどと言ってはくれないだろうと薄々わかっているからだ。そもそもいまだに好きだとも愛しているとも言われていない。そんなわけで、仕事中も知らず知らずのうちにどんよりとした空気をまとってしまう想乃だった。

そんな想乃を朝からチラチラ見ていたあかりが、作業の手を止めずに言った。

「想乃さん。今夜うち来ません？　ゆめとタコ焼の約束してて。みんなで食べた方がおいしいから。狭いところですけど」

一瞬迷ったが、想乃は「行きます」と答えていた。今は答えの出ないことを考えているより、誰かと一緒にいたかった。

その日の夕方、店に入りたがる望月と夢二が店の前で攻防を繰り広げていた。

「えー、聞いてないよないよ」

「団体さんが来ちゃうの。しょうがねえだろ」

今日は店の定員四十名めいっぱいという最上夢の焼肉コースでの宴会の予約が入っているのだ。

「えー、俺も入れてよおん。うまくやるからさあ」

「ダメだ。いいわけねえだろ」

せっかく夢二の焼肉を食べたいと来てくれている親友には申し訳ないと思いながら、夢二はなんとか望月を追い返し、宴会の準備をした。

やがて予約の十八時が近づいてくる。全部の席にすぐにでも始められるように、焼網、ナムル三色のお通し、皿や箸をセットし、肉を切り、夢二ライス用のご飯を炊き、ビールもキンキンに冷やす。そういった準備に日出男、夢二、ヨンソ、ミゲルはフル回転で働いていた。

その頃、想乃はあかりとゆめと一緒にスーパーマーケットでタコ焼の材料を選んでいた。特売の生食用タコをたくさん買い込む。他の売り場を見ていたゆめが戻ってきて、カートにヘアカラーの箱を入れた。

「あれ？　なんで？」

「なくなってたから」

「そっか。気づかなかったよ。ありがとう」

女手ひとつで娘を育てるあかりは美容院へはめったに行かない。カラーもゆめの散髪もなるべく自分でやってしまう。苦労が多いせいか、若いのに染めないと白髪が目立って困ると言っていたが、娘と二人でこうして肩寄せ合って慎ましくも楽しそうに生きている様子に、想乃はつい将来の自分に重ね合わせてしまうのだった。

もしも神内と結婚できなかったとしても、自分はこの子を産むのだろうか。産んだとして、シングルマザーとしてやっていけるのだろうか。いや、そもそも結婚がないというのが前提なのがおかしいのではないか。

考え始めるとキリがない。ドツボにはまる。想乃はあかり親子との買い物に意識を戻した。

買い物を終え、あかりの車に荷物を積んでいる時、携帯電話が鳴った。夢二からである。短い通話を終えると、想乃はあかりに言った。

「あかりさん、ごめん。今日行けない」

あかりとゆめの表情が曇った。想乃は慌てて付け加えた。

「逆にうち来ませんか。焼肉もみんなで食べた方がおいしいから」

実は夢二からの電話は、今日貸し切りで予約していた客が現れず、食材が無駄になってしまいそうだから、誰でも連れてこい、夕飯は外で食べるなという指令だったのだ。

「行きます」

あかりとゆめの声が重なった。


そんなわけで、焼肉ＳＡＮＡＤＡはさながら家族と常連客の謝恩セールの様相を呈していた。今夜ばかりはヨンソとミゲルも席について美味（おい）しそうに焼肉を頬張っている。

想乃はあかりとゆめと同じテーブル。隣には妻と娘を連れてきた望月一家がいて賑やかに焼肉を突ついていた。

あかりが想乃の仲のいい同僚だということは夢二も聞いていたのだが、こうしてゆめも一緒に会うのは初めてだ。

「そうか。旦那さん、早くに」

あかりの夫が二年前にガンで亡くなったと聞いた夢二はすでにうるうるしている。元来涙もろい男なのである。

「ありきたりな言葉になってしまうけど、大変だったね」

望月も声をかける。彼も一家の大黒柱であるわけで、今自分が死んだらと思うと、人ごとではないと思ったようだ。

「同じくらいじゃないですか、四十歳だと」

あかりの夫が亡くなったのは、まだ四十歳になったばかりの時だった。つまり今の夢二や望月と同じ年齢だ。

「お二人はちゃんと受けてますか、健康診断」

「俺は役所勤めだからね。問題はこの人」と、望月は夢二を指す。

「健康診断大切です。健康診断大切です」

ゆめに繰り返されると、本当に大切なことに思えてくる。なにしろゆめの父は健康診断を怠り、体調不良で病院にかかった時には、ガンは手術もできないほど進行し、余命宣告を受けるくらいに手遅れだったのだ。

「ゆめちゃん、確かにそうだね。けど、夢二おじさんは、定期的に病院に行くっていう概念、合わないのよ」

「合う合わないじゃねえだろ。スッと行けよ」

想乃が激しくツッコミを入れた。

「ハハハ。スッと行こうね。ハイ、行きましょう」

夢二がおどけた。それを見てゆめも楽しそうに笑った。

その様子を通路を挟んだ席で日出男が一人焼肉をしながら見ていた。その目は珍しい生き物を観察する小学生のようだった。

そこへドスドスと足音も荒く入ってきたのは詩文だった。皆がおかえりと声をかけるが、詩文は苛立ちを隠せない。

「団体客、ドタキャン、されたって？」

「ああ、たちの悪いいたずらだよ。電話してもつながんねえ」

時間を過ぎても客は一人も現れず、予約時に聞いた代表者の電話番号は着信拒否をされているらしく、全く連絡が取れなかった。飲食店ではたまにあるのだが、ここまで大人数の団体客となると被害は甚大だ。

「ぶち殺すヨ！」と、ヨンソがかわいく怒っている。

「前歯折って煮込んで食わせるゾ！」

ミゲルもなかなか独創的な罵倒の言葉を覚えたようだ。

「ヨンソ、ミゲル、ゆめちゃんの前だぞ」

夢二が注意すると、ヨンソとミゲルは肩をすくめ、また焼肉に戻った。二人ともバイトの身としては、仕事が楽になった上に、こうして売り物の極上の焼肉を食べることができたわけだが、それ以上に店に打撃を与えたヤツに対して怒っている。夢二にはそれだけは救いに思えた。

「ま、名前に夢を持つ者同士、夢二と夢つながりのゆめちゃんに食べてもらえたからよしだ。詩文、おまえも食え！」

詩文は空いている席に腰を下ろしたものの、どうにももやもやしていた。これは宍戸の仕業ではないのかと考えていたのだ。まさか中学時代の自分の悪ふざけ、それもよく覚えてもいないようなことで、家族に嫌がらせをされるなんてことがあるのだろうか。宍戸は本当にそこまでやるのか。もし本当だとしたらどうする？　仮にそうだとして、この一度だけで済むだろうか。

俺はどうしたらいい――。

詩文はせっかくの焼肉の味もよくわからなかった。

9

　数日後、焼肉ＳＡＮＡＤＡのドアに「本日こそ貸し切り」という貼り紙がされた。当然のごとく入りたい望月と入らせまいとする夢二の攻防が暮れゆく店の前で繰り広げられた。

　そして――。

　十九時過ぎ、普段なら一番客で賑わう時間、店にいたのはどよ〜んと暗い夢二たちスタッフだけだった。またしても夢二がいくら電話をかけても相手が出ることはなかったのだ。悪質な嫌がらせである。

「目玉抜いて卓球するゾ！」ヨンソが吠えた。

「まるちょうちぎってドミノするゾ！」

　どこで覚えたのか、ミゲルの恨み節は斜め上をいく。

「二人ともやめろ。汚い言葉使うな。心まで汚くなるぞ」

　夢二が二人を叱った。ヨンソとミゲルは「ごめんなさい、ボス」と素直に謝った。

　その様子を日出男はじっと見つめていた。その表情はどこか寂しげだった。とはいえ、怒りに燃える夢二は気づくこともなかった。

「……クソがカスが！　カスがクソがカスがクソが！」

誰よりも声を荒らげ、自分で使うなと言った汚い言葉で肩をいからせ、表に出た。店にいたら、ヨンソたちに当たり散らしてしまう。

外はもう真っ暗だ。なんとそこに望月がいた。

「とりあえず七人、連れてきたぜ」

暗闇に浮かぶ男たちのシルエット。これから焼肉食べる気、そして夢二を助ける気満々の男たちだった。いずれも高校時代の同級生である。

先日のドタキャン騒ぎがどうもただごとではないと思った望月は、万一また同じことが起きた時には自分に連絡しろとこっそり日出男に頼んであったのだ。

「モッチー！　もっちもっちー！」

夢二は望月に抱きつき、そしてBOØWYの武道館ライブの気分になってエアバンドで仲間たちと踊り狂った。気持ちは高校生時代、一緒にバンドを結成した頃と一ミリも変わっていない。

本気でメジャーデビューできるものと信じて、コピーバンドから始め、オリジナルの楽曲をたくさんつくって東京に乗り込んだものの、デビューどころか小さなライブハウスを満員にすることすらできずに高知に帰ってきた。だが、そんな挫折を互いに経験し、今は望月が公務員で家族持ち、夢二が焼肉屋で婚活中と、環境が変わっても、友情にはいささかも変わりはなかったのだった。

そして、一連の嫌がらせはやはり宍戸の仕業だった。今夜も詩文のガソリンスタンドへやってきた宍戸は言った。

「ドタキャン二回、あと二百六十万円。一日の売り上げ、二十万計算にしといたから。悪うないやろ？」

詩文は怒りのあまり声も出なかった。

「こわーい。詩文君にいじめられるう」

ベンツに乗った宍戸がふざけ、詩文は拳を握りしめた。

「じゃ、近々本当に食べに行くよ。今出会い系アプリでマッチング中の子がいてさ。VIP扱い頼むぜ」

嫌らしい笑いを浮かべると、宍戸は走り去った。いつものようにキャップは取ったものの、頭を下げる気にはならなかった。怒りのあまり手が震える。兄たちの大事な店に打撃を与えられるのは、自分になにかされるより耐えがたい。

いっそあいつを殺してやりたい……詩文は今自分が凶暴な目つきになっていることを自覚していない。

一方、想乃の悩みも依然として解決する気配すらなかった。

仕事終わりに神内にメッセージを送ってみた。

『今夜美味しいもの食べよ。奢るし』

話があると伝えてから、朝晩の挨拶を送っても完全スルーだったが、今回は早かった。

『ウニのなんか食べたい！』

これだよ。以前はこの無邪気さをかわいいと思ったこともあったのだが、すぐに底が浅く自分のことしか考えない自己中男だとわかった。わかっているのに、こんなに付き合ってしまった。自分の甘さがほとほとイヤになる。

それにしても神内のこの図々しさはなんなのだ。美味いものが食えるか、ヤレるか、それしか女には利用価値がないとでも思っているのだろうか。

市内でも人気のイタリアンを予約した。窓ぎわの席である。夕闇に包まれつつある空が美しいが、神内は見ようともしない。そもそも着いた時から食前酒、白ワインとがぶ飲みしている。当然ながら想乃は送り迎えが前提であり、ウーロン茶。そもそも今後どうするにせよ、お腹に赤ん坊がいると思えば、飲む気にもなれない。

しかし、話さないわけにはいかない。神内は「くう〜、映えるわあ」などと言いながら、ＳＮＳ用の料理写真を撮ることに余念がない。本当にガキだ。

「――で、神君ってどんな子供だったの？」

さりげなく神内の子供時代を聞き出すことで赤ん坊のことに話をつなげようと思った。

「まあ、俺以外の子供が嫌いな子供って感じ？」

「それは、どういうこと？」

「え、わかんない？」

本当にわからないのかと神内は想乃をバカにしたように見た。

「ごめん。わかんない」

「俺もわかんなーい」

そう言うと、神内はゲラゲラ笑った。酔っているからというよりいつもこうなのだ。以前はこれを底抜けの明るさだと思い込んで好もしく思っていたものだが、それはあばたもエクボでしかなく、今ではただのお調子者としか思えない。

はっきりわかったのは、この男にはなにを話しても無駄だということだけだった。

想乃は一段と食欲がなくなった。

この先どうしたものだろう。

選択肢は多くない。結婚せずに子供を産んで一人で育てるか、子供を闇に葬って、なにごともなかったように今まで通りの生活を続けるか。

どちらの選択も、考えただけで怖くなる。

10

早朝。朝陽に照らされた天狗高原を日出男は一人歩いていた。その整った顔には憂いがある。

どこからともなく声が聞こえてきた。どこかふざけた調子にも聞こえるとぼけた口調だ。

「トロ・ピカル君にクイズでーす。おまえがこの星に来た使命はなーんだ？」

日出男は俯き、ぼそぼそと答えた。

「……地球人を一人土星に連れ帰ること。派遣された家族の中から一人だけ」

「わかってるなら誰を連れていくか決めろー。時間なくなるぞー」

そう、日出男ことトロ・ピカルが地球に派遣されたのは、単なる物見遊山ではない。

土星人が地球と地球人を研究しているのは、地球を土星からの移住先候補として考えているからだ。そのためには地球人の人体と心理を徹底的に研究する必要があるというのが土星政府の官僚たちの考えだった。

ちなみに土星には地球のような細かい国という概念はなく、土星全体で一つの政府、一つの国民なのである。

しかし、地球人を土星に連れていけば、そもそも生き続けられるかどうかもわからない。水や空気、食べ物などはなんとでもなる。だが、長く生かし続けることはまず無理だと日出男は考えていた。なにしろ日出男が観察してきた地球人は「寂しいと死んじゃう」生き物なのだから。

以前の日出男なら、地球人の一人や二人の生死などどうでもよかったが、この二十三年——土星時間ならたったの一年だが——真田家の人々と暮らしてみて、以前は知らなかった感情というものが芽生えてきてしまっていることを自覚していた。

表面上はいつもと変わらぬ穏やかな日出男だったが、心の中は今までに感じたことのない揺れに戸惑っていた。そんな日出男の気持ちを知ってか知らずか、声は急かす。

「ほら時間なくなるぞー。チクタクチクタク——」

その朝、きょうだい四人はいつものように朝食をかき込んでいた。四人ともそれぞれの思いの中にいて、味わうというより生きるために食べているといった風情だった。

詩文が立ち上がった。

「真田サミットを始めます」

日出男と想乃は先を越されたという顔になった。この家では、真田サミット開催を宣言した者に議事を主導する権限があるのだ。

「大事な話が議題やき」

しかし、三人は黙々と食事を続けた。

「母ちゃんが死んですぐ、三男・詩文が十四歳の時の話です」

三人はいつ頃のことかと自分に照らし合わせて考えた。ざっと十三年前か。だが、口は挟まず食べ続ける。

「俺、同級生の宍戸にあだ名をつけたらしいんだ。まず、その朝宍戸は学ランの中にアディダスのＴシャツを着ていた。今夢兄が着ているのと同じ、三つ葉マークがドンと入ったヤツ」

「ほう」と夢二が頷いた。

「『まず』の次は？」と日出男も興味をそそられたようだ。

「宍戸はその朝、奇跡の寝癖で、前頭部も三つ葉マークみたいになってて」

「ほうほう」と夢二。

「『なってて』の次は？」と日出男が促した。

それは十三年前、夏休み少し前の月曜日のことだった。始業時間寸前の二年Ｂ組の教室では生徒たちが思い思いの席でワイワイガヤガヤ賑やかにしゃべっていた。そこへ遅刻ギリギリで宍戸が駆け込んできた。恐らく起きてすぐ、顔も洗わずに飛び出してきたのだろう。爆発したような寝癖を見た級友たちは「なんだその髪形」と大笑いした。

「うっせえ、うっせえ。野次は野球場で飛ばしとけ」

最初は宍戸も威勢がよかった。

ところが、じっと見ていた詩文は宍戸が入ってきた時から、なにかに似ているとずっと考えていたのだった。そしてわかった。ひらめいた。

「さ、サザエさんだ！　や、サザエくんだあ！」

まさにサザエさんそっくりだったのだ。折しも前日の日曜日には、どこの家庭も夕方は「サザエさん」のアニメ番組を見ている。

級友たちは爆笑した。詩文もそこでやめておけばよかったのである。

しかし、母を亡くして落ち込み気味だった詩文は、無意識のうちに俺は大丈夫、元気だと表明したかったのかもしれない。

「こら、カツオって言ってくれ。穴子さん、飲み過ぎって言ってくれ！」

宍戸にからんだ。宍戸はキョトンとしながらも、自分がどんな頭をしているのかわかっていなかったから「こら、カツオ」とつぶやいてしまった。

またしても教室は沸きに沸いた。

その時から、宍戸のあだ名は「サザエくん」になったのだった。

「詩文。おまえ、よく『あだ名をつけたらしい』で入ったな」

「それは完全につけちゅう」

夢二がツッコミを入れ、想乃が畳み込んだ。

「そういうのあるっしょ」

「そんなふうに育てた覚えはないき」

「待ってよ。俺、その何日か前、学校でウンコしたの宍戸にバレて言いふらされてんのよ。で、四日間、あだ名ウンコメンだよ」

「それは見方変わるな。ちなみになぜ複数形？」

想乃がちょっと詩文寄りになった。

「四日間のうちにもう一回バレたから」

「ウンコは人が生きてる証やからな。結局人間なんざ、どんな美味いもん食っても、それをウンコにして運んでるだけだからな」

「夢二、いいこと言う」となぜか想乃が褒めた。

「いいなあ、土星にはないからな。争いごととか」

三人のやりとりを聞いていた日出男が羨望のまなざしを向けていた。

「そうなの？　イジメないの？」

「ちょ、姉ちゃん、言い方」

「ないよ。そういう社会じゃない」

「いい星」想乃が心からといった顔で言った。

「で、その宍戸と最近バッタリ再会したんだ」

詩文がここ一連の宍戸の嫌がらせの話をした。

「ドタキャン、サザエくんだったのかよ！」

ようやく理由がわかった夢二が叫ぶ。

「俺のせいだ。ごめん」

詩文は夢二と日出男に向かって深々と頭を下げた。

「いや、やっていいことと悪いことはある」

夢二の怒りは収まらない。

「大体国民的アニメだぞ。みんな大好きサザエさんからきてるなら光栄じゃねえか」

想乃の解釈はちょっと斜め上をいっている。

「俺、使っちゃうき」

日出男がニッコリと微笑んだ。

「なにを？」

夢二と想乃は日出男の言葉に若干の不穏さを感じて聞いた。しかし、日出男は姿を消して声だけでつぶやいた。

「……ヒ・ミ・ツ」

「またそれかい」と想乃が呆れ、「ワンパターン」と詩文までもがバカにした。

「あ、電波なくなった。日出兄、ジョークよ」

想乃はスマホを見て慌てた。Ｗｉ－Ｆｉが切れている。なにやら日出男はやる気らしい。任せてみるか。三人は思った。

11

真田きょうだい四人組は高知城にいた。

高知城といえば、慶長（けいちょう）六年（一六〇一年）に土佐（とさ）二十四万石を治めた山内一豊（やまうちかずとよ）によって創建されて四百年という名城である。城の周りは美しい庭園になっていて、このあたりでは人気のデートスポットの一つだ。

なぜこんなところに真田四きょうだいがいるのかといえば——宍戸を尾行してきたからである。

朝食時の真田サミットによって、最近の二度にわたるドタキャンが宍戸の仕業とわかった。詩文は夢二に頭を下げたが、それで解決するわけではない。日出男が張り切って一肌脱ぐというので、暴走しないように、かつ可能であれば嫌がらせをやめさせたい。

そこで宍戸が最近マッチングアプリで知り合い、いいカンジになっている早苗（さなえ）とのデートを監視している、というわけである。なにかしら宍戸のマイナスポイントを見つけようというのだ。いや、なければつくってしまえ、というところか。

ベンツでのドライブというなかなかポイントの高いエスコートと、若き実業家という宍戸の触れ込みに早苗もまんざらでもないようだ。宍戸はキザを絵に描いたような仕種で早苗を高知城の中へいざなった。

高知城は天守まで上ることができる。木造の階段をゆっくりと上り切ると、四方を見渡す天守から抜群の眺望を見渡せるのである。ちょっとした戦国武将気分になれる。

早苗はミニチュアのように見える街並みと鏡川の向こうの筆山公園の緑に歓声を上げた。

「すごーい」

「この時間、一瞬だけ穴場でさ」

宍戸は得意気に鼻をひくつかせた。

「宍戸君っていろんなこと知ってるよね」

「まあ、知ってることは知ってる」

謙遜する気は毛頭ないといった顔でサングラスをはずす。

「……他にどんなこと知ってるの？」

早苗が近づいてきた宍戸を上目づかいで見上げた。自分がかわいいことを知っている女に特有のキスを待つ素振りってやつである。こっそり尾行してきた真田家の面々は階段の下から盗み見て、特に夢二が最もイライラしていた。こんなシチュエーションに持ち込めたことがないのだ。こんなキザなセリフを言っていいのか。いや、今はそこじゃない。

早苗が目を閉じ、宍戸がゆっくりと唇を近づける。このままいけばキス——という瞬間に、日出男がこめかみに手を当て、「んっ」と超能力を発揮した。

「えっ」

宍戸が動きを止めた。突如宍戸の目には、早苗がかつての自分、すなわち学ラン姿で頭がサザエさんヘアの寝癖になっている中二の宍戸自身に見えたのである。

夢二たちは日出男の身体に触れることで宍戸が見えている世界を視覚情報として共有した。三人は絶句した。

宍戸はかつての自分——ではなく、早苗を突き飛ばした。早苗はなにが起きたのかわからず呆然としている。よもやキスの直前に男に拒絶されるなど、これまでの人生で、そして恐らくこれからも経験したこともすることもない事態である。

ちょうどそこへ修学旅行の団体が上がってきた。

「もういっちょ、んっ」

日出男がもう一度こめかみに手を当てた。途端に男女十数名の中学生たちが一斉にサザエさんヘアの宍戸に変わった。おまけに一斉によさこい踊りを始めた。もはや地獄絵図である。

「なんだこの世界は──」

宍戸が悲鳴を上げた。

早苗は突然おかしくなった宍戸を気づかうこともなく、気味悪そうに宍戸を見ると、「私、メンタルやばい人、マジで無理だから」と、さっさと立ち去った。恐らく二度と連絡がつくことはないだろう。

「この人、マジ怖え」

日出男に触れながら、想乃は震えた。

「家族でよかったなあ」

夢二も同調する。日出男を怒らせたら、Ｗｉ－Ｆｉが切られるくらいでは済まないのだと、今になってよくわかった。

「日出兄、ありがとう。もういいよ」

詩文はこれでごみの押しつけとドタキャン二回分の嫌がらせを許す気になった。もとはといえば、若気の至りとはいえ、サザエくんというあだ名をつけ、宍戸の中学時代に暗黒の思い出をつくった自分が悪いのだ。

日出男がこめかみから手を離すと、世界は元に戻った。

詩文は、かつての自分の亡霊に取り囲まれたと思い込み、へたり込んでいる宍戸のそばへ行き、肩をたたいた。そしてニヤリと笑って言った。

「黙っててほしいか？」

宍戸は詩文の足にすがりついた。

数日後、宍戸は焼肉ＳＡＮＡＤＡの外装清掃をしていた。二度にわたるドタキャンの穴埋めである。損失分の代金を要求することは夢二がウンと言わなかった。あだ名をつけた詩文にも非があると思えばこそである。

宍戸はいつものブランドもののルームウェアやキザなスーツではなく、中学生が着るようなジャージにタオルで鉢巻き。乗り付けた車は「綜合(そうごう)消毒（株）大進(だいしん)」と書かれたバンだ。持ち込んだ掃除用具は本格的なプロ仕様である。

宍戸が特殊な洗剤を噴射し、ホースとブラシで看板をこすると、本来の鮮やかな赤色が蘇った。

監督していた詩文は感心したように言った。

「おまえ、清掃の仕事やってたんだな」

「調子に乗ってベンツ買ったら、ローン返すの大変でさ」

どうやら宍戸は甘やかされたお坊っちゃまというわけでもないらしい。そのうちに詩文が手伝いを始め、宍戸と水を掛け合って子供みたいにふざけ出した。近くで監督していた夢二は呆れているが、日出男はうらやましそうに微笑んで見ていた。

「ああいうの友達っていうんだよ」

「友達……」

どうやら友達という概念も土星にはないらしい。日出男も誘われれば、同年代の友人たちと遊んではいるものの、友達とか友情ということを考えているわけではなかったのか。夢二は今さらながら日出男が本当の意味で異星人であることを感じた。

その後、日出男と夢二は路線バスに乗った。海の上の橋を渡るコースである。これもDOリストにある項目の一つだった。

日出男は子供のようにニコニコ、わくわくしながら窓の外を眺めていた。

「あ、ヨット、ヨット。うわ、キレイ」と、目を輝かせているが、夢二は眠気に勝てない。ついには日出男に寄り掛かって眠ってしまった。

日出男はその重さを愛おしく感じていた。

真田日出男の地球観測隊員としての任期満了まであと2週間。もちろん日出男の葛藤は誰も知らない。

12

よく晴れた日曜日、想乃はあかり親子と四万十川へピクニックに来ていた。沈下橋といって、増水時には川に沈んでしまうように設計された欄干のない橋で、四万十川にはいくつもあるのだが、その中のお気に入りの一つだ。

橋は二百メートル以上あり、幅は四メートルちょっと。そこにデッキチェアを広げ、あかりは陽光を浴びながら気持ちよさそうに昼寝をしている。

エサをつけた釣り竿は固定した状態で川に垂らしてある。実に横着な釣り人である。両側は山に挟まれ、川面はキラキラ光り、聞こえるのは川のせせらぎと鳥の声のみ。空気は澄みきっていて、心が洗われるようだ。平和だ。

想乃はゆめからトイドローンの操縦を教わっていた。リモコン操作で掌サイズの白いドローンが川の上を自由自在に飛ぶ。もしももっと大きければ、人間もドローンにぶら下がって移動できるようになるのだろうか。夢がある。なかなか楽しい。

想乃はドローンを足元に着地させた。

「ね、簡単でしょ」

「うん、びっくりした。ありがと」

ゆめがお小遣いを貯めて買ったドローンを川に落としたりしなくてよかった。

「お母さんが心配してたよ」

ゆめが静かに言った。

「……だろうね」

ゆめは先日想乃のお腹に新しい命が宿っていることを見抜いた時、想乃が動揺してしまった時のことを言っていた。その後、仕事中も一緒に焼肉をした時も普通を装ってはいるつもりだったが、あかりには想乃が心配ごとを抱えていることは伝わってしまっているだろう。それでもあかりは自分からはなにも言わない。そういう女性なのだ。

「きっとちっちゃい想乃ちゃんも――」

「やめて、ゆめちゃん。簡単じゃないんだよ」

想乃はゆめに最後まで言わせなかった。産むかどうか決めかねている命に人格があるみたいに言われるのはたまらなかった。もしも産まない選択をした時には、自分は人殺しになってしまうのだから。

その会話はうたた寝していたあかりにもしっかり聞こえていた。だが、あかりは寝た振りを続けた。もうおおよそのことは察していたのだが、想乃がなにも言わないのだから、口出しするべきではないと思っているのだった。

想乃が子供相手にきつい言い方をしてしまったことで気まずく、なんとかリカバリーしなければと思った時だった。

くくりつけておいた釣り竿が大きくしなった。強烈な引きが来ている。

大騒ぎして想乃とゆめは必死で竿にかじりついた。あかりも飛び起きてきて加勢する。

そして、天高く巨大な魚影が跳ねた――。


「これ、主だ。四万十川の主、まんとぬしだ」

夢二が断言した。場所は焼肉ＳＡＮＡＤＡの駐車場に急遽広げられた家庭用プールである。それも畳一畳分より大きいくらいの本格的なものだ。その中で悠々と泳いでいるのが、想乃たちが釣り上げてきた鰻なのである。

想乃、あかりとゆめ親子、夢二たち店のスタッフ全員に望月までもが加わってプールの中の鰻を見下ろしていた。

鰻といっても、通常の鰻重に載っているようなスリムなものではない。体長一メートル超、太さは夢二の二の腕くらいあった。もはや化け物である。

「まんとぬしって、今言ってるだろ、それ」

夢二の適当さに想乃は突っ込まずにはいられない。

「けど、確かにデカイ！」

望月は舌なめずりをせんばかりに言った。夢二はどうするか悩んでいるのだが、望月は店で出せばいいとすでに食べる気満々である。

「鰻は捌いたことねえからなあ。ゆめちゃん、鰻好き？」

「好き」

「じゃあ、餅は餅屋。鰻屋のヨンシーに頼むか」

ヨンシーというのは、夢二と望月の高校時代の同級生で、かつて一緒にバンドで夢を追いかけていた元ベース担当である。夢破れて帰ってきてから、今は親の代からの鰻屋の二代目に収まっている。

夢二がスマホを取り出したところで、まるで自らの運命を察したかのようにビッグ鰻が暴れた。

「許してくれ、ぬしよ。完全にゆめちゃんのせいだ――あ、ヨンシー？　夢二。あのさあ――」

そこで鰻をじっと見ていた日出男が夢二の腕に触れ、やめろと目で合図した。夢二はすぐに日出男が超能力でなにかを察したのがわかったのだが、さすがにそれは望月たちには言えない。

「あ、ごめん。かけ直すわ」と、不自然に通話を終えた。

「どうかしたんですか」と、あかりは不思議そうだ。

「あ、いや、ヨンシーんとこ、今日休みだって忘れてた。ゆめちゃん、夢二ライスでいい？」

「夢二ライスじゃなきゃ嫌だ」

　ゆめの答えは百点満点だ。

「オーケー、ドリーミン入りましたぁ！」

　夢二が叫び、ヨンソとミゲルが「ハイ！　ドリーミン喜んで！」と応じる。

　一人、日出男だけが何を考えているのかわからない表情を浮かべていた。

　日出男はなにを感じたのだろう。夢二と想乃と詩文は気になって仕方がない。

「ごめん。私、用事あるから先に抜けるね」

　想乃は夢二ライスが出てくる前に席を立った。あかりがなにか言いたそうな顔で見ていたが、目だけで詫びて店を出た。

13

夜。想乃は停車した車の中でカーナビに映し出されたテレビ番組「イントロどどん」を観ていた。イントロだけで曲名を当てるという人気のクイズ番組である。

――『Dreamin'』

回答者が早押しのピンポンとともに答えた。

――正解。ここまでは簡単でしたが、ここから先はぐっと難しくなります。

ここから先は難しい……想乃はまるで自分のことを言われているような気がした。助手席では神内が眠りこけている。そう、今夜も美味い鮨で釣って呼び出したものの、しこたま日本酒を飲んでフラフラになった神内になにも話せないまま、またしても自宅まで送る羽目になったのだ。

これじゃバブルの頃流行ったというアッシーでメッシーではないか。

――イントロどどん！

想乃はそっと神内をゆすってみた。車を停めてからかれこれ三十分は経つ。

「うっせえ！　俺が寝てたら起こすな。たとえ広末涼子がそこにいたとしてもな！」

半分覚醒した神内が怒鳴る。

「ごめん、ごめん。けど着いたから、神君ち」

「じゃ、起こせよ」

神内は助手席のドアに手をかけた。想乃は意を決して言った。

「待って」

その瞬間、テレビの中でピンポンというチャイムの音とともに回答者が叫んだ。

──『時間よ、戻れ、黄昏れ』

「私たち、もう何年になる?」

「三年ちょい?」

神内が面倒くさそうに答えた。

「もう少しで四年」

「……そうか。そういうことか」

「まだなにも言ってない」

「別れたいって言ってるんだろ」

違うとも違わないとも言えなかった。そもそも自分がどうしたいのかわからない。

「なら、今までありがとう。今までごめん。今度は幸せになってくれ」

神内は清々しい顔で言うと、想乃の顔も見ずに車から降りていった。

え、これで終わり？　別れ話というのは、こんなにあっさりしたものなのか。二十七歳から三十一歳という女盛りの四年間はなんだったのか。ってか子供のこと、言えてないではないか。

思わず妄想の中でピンポンボタンを押した。

――『悔しさと虚しさと我慢強さと』

――正解！

虚しい。虚し過ぎて涙も出てきやしない。すぐに車を出せなかったのは、もしかしたら神内が戻ってくるかもしれないという万に一つもない希望にすがったからだろうか。もちろんそんな期待は裏切られるためにあるのだが。

翌朝の食事当番は想乃だった。子供の頃からの輪番制なので、玉子を二つ一遍にフライパンに割り入れ、うっすら膜のかかったサニーサイドアップの目玉焼きをつくるのも無意識のうちにできてしまう。付け合わせはブロッコリーと一人二本ずつのウィンナー。切り込みは入れるが、昔みたいにタコさんにしたりはしない。

「おはようございます。いただきます」

声を揃えて食べ始める。目玉焼きに夢二はソース、日出男はケチャップ、詩文は醬油、想乃はクレイジーソルトとまちまちなのが真田四きょうだいである。

リビングには巨大な水槽が置かれていた。その中で窮屈そうに蒲焼を免れた巨大鰻が泳いでいた。

「……神内と別れた」

想乃がぽつりと言った。

「え、エーッ、マジで？」

夢二がちっとも意外そうではない声を上げた。

「うまくいってるってユッケじゃん」

日出男もまた驚いたふうでもなく口先だけで驚きを表現した。

「ユッケた」と、想乃は淡々と答える。

「結婚するってハツ（説）もあったじゃん」

これまたいつ別れても不思議ではないと思っていたというのが顔に出ないように詩文が言った。

「あった」

「それがなぜ？」男三人の声が重なった。

「しらじらしい。思ってたでしょ、どうせ別れるって」

お互いにわかっているのである。男たちは無言になった。

「モテない妹が、またダメ男にひっかかったって」

これまた図星である。無言は続く。

「いいよ、別に。男運悪いのはわかってるから。付き合う男をダメ男に変えてしまう女。それが私、真田想乃だから」

「いいふうに言うな」さすがに夢二がツッコミを入れる。

「姉ちゃんのよさがわかるヤツ、次は出てくるって」

「おまえはそればっかだな。来ねえよ。で、昨日の電話、あれなんだったの」

想乃は急に話題を変え、夢二が鰻屋のヨンシーにかけた電話を不自然に切ったことに言及した。

日出男が「……ん」と、巨大鰻を見つめ、超能力を発揮し始めた。なんとその途端、鰻は水槽のへりに身を乗り出し、しゃべり始めたのである。日出男の超能力にも慣れつつあるとはいえ、さすがにこれには想乃と詩文もビビった。

「勘弁してよ。お願いだよ。もちろんずっととは言わない。釣られたウチがいけないんだ。けど、今すぐ食べるのだけは待っておくれよ。このとおりだよ」

このとおりという割には、頭を下げるわけでなし、態度は尊大だ。

「なんで？」日出男が質問する。

「私のお腹には家族がいるんだよ。新しい家族が」

その言葉は想乃にピンポイントで響いてしまった。そっと拳を握りしめる。

「子供を産んだら好きにしていいからさ。覚悟はできてる。蒲焼もいいけど、いち推しはやっぱり地焼きだよ」

態度はデカイが、さすが母鰻。なかなか潔い。

「ってこと」と日出男がまとめた。

「だから約束したんだよなあ。立派に産んだら、ヨンシーにサクッとやってもらおうってな」

夢二がまるで小犬の頭でも撫でるように鰻の頭をなでなでした。

「そ、そう……」と鰻は無理に笑っている。もちろん表情筋などないわけだが、漫画にしたら冷や汗をかいている笑顔というところだろう。

「うわ、すげえヌルヌルする」

夢二はすでに蒲焼と地焼きに想いをはせているようだ。

想乃はなにも言えなくなって、ただ巨大鰻を見つめていた。

想乃のランチタイム。想乃のお気に入りは、クリーンセンターから車で五分ほど行ったところにある国道沿いのラーメン屋、味で勝負するラーメン豚太郎だ。

今日も定番のラーメンチャーハンセットを注文したのだが、途中で胃がムカムカし始めて、以前のように完食できなかった。自分の身体の中で明らかに違う生き物が成長しつつあるのを感じ始めていた。

店の外に出ると、駐車場にあかりがいた。あかりはいつも弁当なので、わざわざここまで車で来たということだ。顔が怖いほどに真剣だ。

「なんですか」

「想乃さん。病院、行きましょう」

「は？」

意味がわからない。いや、わかりたくなかった。

「後戻りができなくなる前に」

想乃は無視して、あかりの横をすり抜け自分の車へ向かった。その腕をあかりがぐいとつかむ。

「簡単じゃないから。母親になるのは」

あかりはもう黙っていられないと思ったのだろうか。いつも人とは節度を持って接するあかりにしてはこんな言い方は珍しい。どちらにしても想乃は自分でも結論が出ていないことを他人に問い詰められたくなかった。

「覚悟ができないなら、やめなきゃいけない」

言葉が出てこない。せっかく授かった命なんだから産むのが当然とか、そういうことを言われるのなら、いくらでも反論できたのに。

想乃はただただ駄々をこねる子供のようにあかりにぶつかった。あかりは痛いだろうに全部受け止めてくれた。

泣けてくる。この涙が自分の不甲斐(ふがい)なさに対するものなのか、神内に対する恨みなのか、自分でもよくわからない。

「どうしたい？」

「……産みたい。育てたい」

言ってしまった。

「うん」

「だけど、一人でって考えたら……」

あかりは想乃を抱き締め、その耳元で言った。

「ダメです。聞こえちゃう」

ちっちゃい想乃が悲しむとでもいうのだろう。ゆめと同じようなことを言うんだなと想乃は泣きながらぼんやり考えていた。

その日の午後、想乃はクリーンセンターのごみ焼却炉へ巨大なクレーンで運ばれる膨大なごみを見つめながら揺れていた。もしも自分の身から引き剝がせば、赤ん坊は物となりあのごみとなんら変わらなくなってしまう。そんなことしていいのか。いや、できるわけがない。

決めなくては。いや、本当はもう心は決まっている。

14

焼肉SANADAの定休日。

例によって夢二は性懲りもなく婚活パーティーに参加していた。今日も当然のように白いスーツと氷室(ひむろ)風ソフトリーゼントでキメている。

今夜も例によってぐるぐる回る自己紹介タイムの後、ビュッフェ形式で軽食と飲み物を各自で取って、会員同士で自由に歓談する立食形式のフリートークになっていた。

夢二はアラフォーの映画大好きオタク女子丹羽(にわ)につかまっていた。なぜか夢二が気に入ったらしくグイグイくる。

「映画の『うなぎ』ですか……」

最初に鰻というキーワードが出て、自宅リビングにいる巨大鰻を思い浮かべ、蒲焼の話をしようと食いついてしまったところから話がずれまくっていた。

「はい。世界の今村昌平(いまむらしょうへい)監督の映画なんニワけど」

さりげなく自分の名字丹羽を混ぜ込んでくるが、全然笑えない。夢二の好みは図々しくもアラサーまでのゆるふわ系である。早く切り上げて次へいきたいのだが、丹羽はなぜか夢二が映画好きと決めつけている。

「カンヌでパルム・ドールを獲ったじゃないですか」

「えーと。ダイアモンド☆ユカイだったら知ってますけど」

会話が全くかみ合っていない。丹羽は一瞬の沈黙の後、方向を変えてきた。

「逆に、真田さんが好きな映画教えてください」

「……大丈夫です」

先日覚えたやんわり拒否テクを使ってみた。

「『大丈夫です』？　えっと、監督どなたですか」

「えっと、たしか、アルフレッド……テッテンポール……？」

ヤケになって適当なワードをもごもごと口にする。

「ああ、そっち系！」

なにがそっち系なのか全然わからない。

「ギャスパー系観るんですね！」

やんわりさよならと思ったのだが、通じないどころか盛り上がってしまった。

「今、奇跡に驚いています」

夢二は小声で嘆いた。もちろん丹羽には通じない。フリートークタイムは丹羽につかまり終わってしまいそうだ。夢二は絶望した。

一方、部屋の片隅では、詩文が四人の若くてかわいいゆるふわ系女子に囲まれ、プチハーレム状態となっていた。スーツを着込むと、それなりに身長もあってスリムな詩文は普段のボーッとした感じがいわゆる優しそうなタイプに擬態できるのだ。

女子たちからの質問責めに遭って、詩文はもうデレデレだった。

「いや、俺、付き添いで来ただけなんですけど、ちょっと困っちゃったなあ」

夢二が離れたところから刺すような視線を送ってきたが、気づかない振りをした。


真田家留守番チームは日出男と想乃である。

想乃が神内との別れを発表してからまだいくらも間がないが、兄弟たちは腫れ物に触るように想乃に接してきた。失恋なんて、高校の頃から山ほどしてきた。さりげない気遣いをされればされるほど、想乃は自分が情けなくなる。

風呂上がりの想乃は冷蔵庫から炭酸水を出すと、そのシュワシュワした刺激を喉に流し込んだ。最近明らかに食の好みが変わってきているのを自覚する。着実に自分の中で別な生き物が成長しつつあるのだ。

「……エイリアンかよ」

茶の間では、日出男がビッグマミィにエサをやっていた。ちなみにビッグマミィというのはこの巨大鰻につけられた名前である。壁には夢二の手で「命名　ビッグマミィ」と墨で黒々と書かれた半紙が貼ってある。

この命名の紙って、赤ん坊が生まれた時に書くものではないのか。蒲焼と地焼きになる運命が決まっている鰻につけた名前を書くものなのか、とは思ったが、この家には破天荒はあっても常識はない。

日出男は紙皿にキムチ、チクワ、カツオのたたきという店での残り物を載せ、割り箸で次々と水面に差し出す。すると、ビッグマミィはバシャッと水音とともに飛び出してパクリと食べる。旺盛な食欲だ。母というのは二倍の活力を必要とするものなのか。それにキムチなんて食べていいのだろうか。カツオのたたきに至っては、もはや共食いに近いものがあるのではないのか。

想乃は見ていて呆れ、そしてちょっとせつなくなった。

「日出兄」

嬉々(きき)としてビッグマミィに食事を与える日出男の背に声をかけた。

「ハイハイ」

日出男はどっこいしょとばかりに身体ごと振り向いた。嫌でも土星人だと痛感させられる。

「ビッグマミィに使った力、和男と波江には使えない？」

想乃はそっと両親の遺影に目をやった。

「ごめん。死んじゃった人には使えんがよ」

「そっか、残念」

「想乃、話したいことがあるの？」

「そりゃあるよ。もう十年はしゃべってないわけだから。山ほどある。声忘れそうだわ」

こんな時、母だったらなんと言っただろう。

（想乃、くよくよしないの。人生短いんだからさ、泣いてるより笑ってる方が楽しいやき。ガハハハ）

よくそう言って笑っていたっけ。そして、本当に笑ったまま短い人生を突っ走ってあっち側へ行ってしまった。

父ちゃん、母ちゃん、会いたいよ。

「聞くよ、土星人でよければ」

日出男が柔らかな声で言った。やっぱ日出兄は優しいな。

想乃は少し迷って訊いてみた。

「……土星ってどんな社会なの。この前言ってたよね」

「うーん、地球とは全然違う」

「どう違う？」

「それこそ、家族って概念がない」

「……え」

「だから俺には、父親も母親も兄妹もいない」

想乃は混乱した。見た目が自分たちとはなに一つ変わらず、ずっと兄だと思っていたのだから当たり前だ。

「じゃあ、日出兄はどうやって生まれたの」

「スズメバチの社会と似てるかな」

「女王蜂がいて、それ以外はみんながよ」

「女王蜂がいて、それ以外はみんな一緒ってこと。みんな一人で、けど並んでて、全員一緒」

想乃は想像してみた。年齢や見た目が違ったら、それは成立するのだろうか。そこで両親が遺した絵本を思い出した。日出男ことトロ・ピカルの姿はピンクのタコみたいに描かれていた。あれが真実の姿で、みんな同じなら、平等が成立するのか。それでも脚が一本多いとか少ないとか、ピンクの色が濃いとか薄いとかで差は生じないのか。

「平等ってこと？」

「かな。だから隣と比べない。マウントを取るとか、いいねとかフォローとか、無駄な自意識が全部ない」

「最高かよ。あ、だから争いごとがないのか」

「俺は、家族を知るために観測隊としてきたんだ」

「なるほど」

日出男はフフッと笑って言った。土星人がなぜ家族の研究など始めようとしたのか、想乃は知りたいような知りたくないようなちょっと不気味な気分になる。

「土星では、家族は争いごとのもとって教わってる」

ビッグマミィがザブンと水しぶきを上げて浮かび上がった。何か言いたそうなそぶりである。日出男が「んっ」と力を入れた。途端にビッグマミィのおばちゃん声が聞こえてきた。

「私は地球人でも土星人でもない、ただの鰻だけどさ、結局人生うまく泳ぐコツは、話半分で聞くってことよ。逆に話したい時はどんどん話せばいい。オチがなくても、空気なんか読まなくてもいい。全員いつかはおっ死んじまうんだから」

「大した鰻だよ」

想乃は感嘆した。四万十川の主だからなのか、長生きしているせいなのか、人生、いや鰻生達観している。こんなことを考えているなんて、日出男がいなかったらわからなかった。食べてしまうのがつくづく惜しい鰻である。

「土星かあ、行ってみたいねえ」

それを聞いて日出男は真顔でなにやら考え込んでいた。想乃は兄の横顔を見ながら考えた。土星人も蒲焼を食べるのだろうか。

そして、自分の中での時間的な限界に思いをはせる。もう家族には黙っていられない。明日の朝にはちゃんと言おうと心に決め、そっと腹部に手を当てた。

いつもの真田家の朝である。「おはようございます。いただきます」と声を合わせ、黙々と朝食をかき込む。今朝の朝食当番は夢二だったので、得意料理のイワシの佃煮(つくだに)が大皿に盛られて食卓の真ん中に置かれていた。それぞれが自分の皿に取って頭からかじる。カルシウム満点である。

想乃はスッと息を吸うと立ち上がり、宣言した。

「真田サミットを始めます」

男たちは一瞬箸を止めたが、無言ですぐにまた食べ始めた。聞いてるから言ってみろということなのである。

「大事な話が議題やき」

想乃はちゃんと聞いてほしいという意味で前置きした。最近の日出男の土星人カミングアウト、詩文の宍戸の嫌がらせ問題と結構大きな案件が続いていたが、自分の今日の話はその比ではないと思っていた。

「真田家長女・真田想乃三十一歳。妊娠五カ月に入りました」

先日、再び婦人科に行った。胎児は順調に育っていた。だが、もしも中絶するのなら、もう時間はないとも言われている。

男たちは一瞬の沈黙の後、エエエーーッとどよめいた。

想乃はポケットから胎児のエコー写真を取り出し、皆に示した。黒くて楕円形の子宮の中に白っぽいジュゴンのような形の胎児が浮かんでいる。兄と弟は言葉を失った。

「相手はやっぱり……」詩文が絞り出す。

「神内雅也」

「二コ上だっけ、たしか。ヤツに話したの？」

「言ってどうなる。ＳＮＳに相談しちゃうよ」

「産むのか？」夢二がいつになく真剣な顔で訊いた。

「産ませてください」

想乃は頭を下げた。夢二はなにも言わない。日出男と詩文は家長である夢二の決断を待つように無言だ。

「正直反対だよ。そんな、まともな親父がいない子なんて、かわいそうじゃねえか。大体俺はそんなふうになってほしくて親がわりになったわけじゃねえぞ」

夢二は仏壇の方へ向き直った。

「こんなことを父ちゃんや母ちゃんが聞いたらどう思うんだよ」

「……ごめん」

俯いた想乃の目から涙がこぼれた。両親が亡くなってから、どれほど長男だからと夢二が頑張ってこの家を支えてくれていたかはよくわかっている。いまだに結婚できないのだって、本人のキャラクターのせいだけじゃない。適齢期と言われる時期には、想乃と詩文の進学が重なり学費を稼ぐのに相当無理をしてくれて、結婚どころではなかったのだ。

「それでもやっぱりさ、じいじとばあばになれるって知ったら、嬉しいんかな」

夢二が両親の遺影を見てつぶやく。

「……ごめん」

想乃はやっぱり謝ることしかできない。

「謝るな。想乃、おまえだけは謝るな」

夢二が突然激しく足を鳴らした。

どういうことだろう。想乃は涙に濡れた目で兄を見た。

「とりあえず神内はとっちめます。長男真田夢二の鉄拳で。日出男、力は使うなよ」

「わかった」

「けど、神内ってボクシングやってたんでしょ、たしか」

詩文がグズグズと洟をすする想乃にティッシュをボックスごと渡しながら言った。

「俺だって空手やってたわ。県ベスト8だわ」

夢二が樽のような身体を揺すりながら、空手の形をいくつかやってみせた。闘志だけはみなぎっているのがわかる。

「向こうは全国ベスト4までいったって、たしか」

「唯一神内すげえって思ったことだよ」

詩文と想乃が水を差す。

「たしかたしかって、おまえはすげえ知ってんな。そんなの聞いてないよ、ユッケないじゃん」

急に情けなくなった夢二に想乃は笑えてきた。

「で、神内って仕事何してるヤツ？」

「神社の跡継ぎ、たしか」

詩文と想乃と日出男が「たしか」の部分を唱和した。

神に仕えるボクシング全国ベスト４の鬼畜野郎か……夢二の表情が凍った。

海沿いに建つ鳴無神社。歴史ある由緒正しい神社である。境内も広く、正月ともなれば近隣の住民がこぞって初詣にやってくる。国道がそのために渋滞するほどだ。

ここがあの、チャラ男選手権があればぶっちぎりで優勝しそうな神内雅也の生家なのである。なぜ神に仕える家であれほどまでに軽い男ができたのか、誰にもわからなかった。

そんな神内ではあるが、厳しい父が怖いのか、一応真面目に朝から境内の掃除などしている。純白の着物に水色の袴という清々しい格好である。想乃も高校生の頃にこのスタイルの神内を見て、ボクシング姿とのギャップにクラッときてしまったのだ。罪である。

　夢二が神内に近づいていく。白い胴着に緑色の帯を締めている。帯は通常はウエストよりやや下に締めるものだが、夢二にはなにしろウエストというものがない。必然的に太鼓腹の上に帯が来てしまい、お世辞にも強そうとはいえない。

　想乃と詩文と日出男はそっと物陰で行方を見守っていた。

「いやあ、俗に言う朝ですね」

「……おはようございます」

　突然現れた胴着姿の男に怪訝そうな顔をしながらも、神内は一応挨拶を返した。

「今日はアツクなるらしいですよ」

　気持ちは「熱く」と言いたいらしく、あえて妙なアクセントになっている。

「あ、そうなんですか」

　シュッという掛け声とともに、夢二は下段蹴りを繰り出した。しかし、神内の動きはすばやかった。すんでのところでかわされた。

「足が滑りました」

　そう言いながらも、夢二の下段、上段蹴りが炸裂——といいたいところだが、動きが鈍すぎて、足は全く上がらない。県ベスト8の実力はなにせ二十年以上も昔にとった杵柄である。

「しっかり衰えちゅう」物陰の詩文がうめく。

「おたく、誰？」

神内はなんなくかわしながら、訊いた。

「通りすがりの地球人です」

つまらない冗談に日出男が白けた。

夢二は攻撃を続けた。ようやく神内がファイティングポーズを取った。それまではふざけているだけだと思っていたようだが、夢二の目が真剣だと気がついたのだろう。

「一つ訊いていいか。神様って本当にいるんですか」

「そりゃあいますよ。祀ってますから」

「おまえの存在がいないって証明してるき——」

言うと同時に夢二は神内に突進していった。

「面倒くせえな」

神内はひと言つぶやくと、右フックを繰り出した。次の瞬間、夢二は無様に地面にはいつくばっていた。

だが、そこでめげる夢二ではない。兄としてのメンツと妹の無念を晴らすという意地がかかっているのだ。果敢に立ち上がった。足元はかなりふらついているが、目はぎらついていた。

ウォーーッという叫びとともに再び神内に殴り掛かっていった。もはや空手の技など忘れている。

神内の狂人を見るような目に一瞬怯えが走った。誰か助けは来ないかとあたりに目をやったが、早朝ゆえ誰もいない。それにこんなところで曲がりなりにも神主の息子が参詣者と暴力沙汰なんてことになれば、神より地獄の閻魔大王にでも仕えた方がいいんじゃないかというほど恐ろしい父親にどれほどどつかれるかわからない。

そもそも神内がこんなにチャラくなってしまったのも、神主である父親の厳しさゆえなのだ。怒ると怖すぎる父の叱責と折檻をかわすには、全然別の人格を創り出して耐えるしかなかった。ただし、多重人格とは違う。単純に父の前ではおとなしくていい子を演じて、それ以外の場面では徹底的に適当になにも考えないで生きていくことに決め、もはやそれが神内雅也その人になってしまったのだ。父を立てる母親には陰では甘やかされ、その時々で一番気持ちいいことを選択して生きている。

時々こんなふうに、なぜだかわからないがやたら怒っている男が怒鳴り込んでくることもあるが、神内は全く気にしていなかった。

いずれこの神社を継いで、地元の名士として生きていくのだ。自分以外の人間は皆ごみだと思っていた。

神内は飛び掛かってきた夢二に回し蹴りを食らわせた。しかし、夢二は倒れながらも神内の足にしがみついた。

そのうちにもつれ合いながら鳥居を出て、神社の前の海に向かって突き出す堤防まで来てしまった。殴られ過ぎて、夢二の顔は早くも腫れ上がり始めていた。

なぜ諦めないのだ。ちょっとでも相手が文句を言ってきたら、すぐに諦めてその場を去ってきた神内には理解できない。

「神内、習ったろ。飯が運ばれてきたら、まずいただきますだ。写真じゃねえ」

「おまえ、マジで誰なんだよ」

なぜ自分に説教をするのか。どうやら神内が映える写真をSNSにアップしまくっていることを知っているようだが。神内はますます不気味に感じた。

「ネットに踊る暇があったら、てめえの人生を全力で踊れよッ」

そう言いながらなおも空手の突きで攻めてくる。

誰だ、誰なんだ、こいつは。神内は恐怖を覚え始めていた。

夢二の方も半分意識が飛び始めていた。こんなに手ごわいとは。このケンカの強さだけは認めてやる。だが、このまま負けたくなかった。生まれてくる子供のためにも。

「いらっしゃいませ！　焼肉ＳＡＮＡＤＡへようこそっっっっ！」

一番力の出るパワーワードを叫びながら、夢二は最後の力を込めて渾身の上段回し蹴りを放った——その瞬間、日出男がこっそり力を使ったことは誰も気づかなかった。

夢二の短い足がついに神内の首のあたりを直撃した。どうとばかりに神内は仰向けに倒れた。

やった——。

想乃たちが夢二に走り寄る。だが、夢二は千鳥足になった酔っぱらいそっくりの歩き方でフラフラと堤防の突端へ行き、そのまま海へ落ちた。

「夢兄！」

幸いに大して深くはない。想乃と詩文はずぶ濡れになって夢二を海から引っ張り上げた。

その間に日出男が「んっ、んっ」と言いながら、倒れている神内になにやら力を使ったのに想乃たちも気づいたが、まずは夢二救出が先だ。

その後、夢二は全身打撲で丸三日寝込んだ。

神内の方があの後どうなったかはわからない。夢二が店の名前を叫んだので、想乃の身内だとわかったかもしれないが、神内から連絡が来ることはなかった。それになにより不思議だったのは、神内のＳＮＳの更新がピタリと止まったことだった。頭でも打ったのだろうか。想乃は少し気になったが、もう連絡を取ってみようという気持ちは起こらなかった。

15

ビッグマミィは産みの苦しみに耐えていた。場所は想乃たちに釣り上げられた四万十川の沈下橋。子供用の丸いプールの中である。まるで洗濯機の洗濯槽のようにビッグマミィは高速でプールの中を泳いでいた。

「頑張れ！」

声をかけるのは、真田四きょうだい、あかり親子、ヨンソとミゲル、望月に宍戸までいた。おまけに蒲焼の準備をするために店にいるヨンシーは望月が手にしたタブレット端末からリモート参加という大応援団である。

高く昇った春の太陽がビニールプールの人工的なグリーンに降り注ぎ、水の中のビッグマミィのたくましい身体はますます回転速度を増した。

やがて、回転速度がゆるやかになったかと思うと、ビッグマミィの尾びれ近くからポコポコと透明なビー玉のような粒がこぼれ出した。それは次から次へと数を増し、やがてビニールプールの底いっぱいに敷きつめられるほどになった。

「やったー！　産まれたッ！」

夢二たちは歓声を上げた。ちなみに夢二の顔は決闘から何日も経った今も絆創膏が貼られ、緑がかったアザが残っていた。おかげでこの傷を見た望月やヨンシーたち親友の追及をかわすのに苦労した。めったに怒らない夢二がこんな傷を負うほどのケンカをしたのなら、仇を取ってやると息巻いているのをなだめるのが大変だった。

産卵を終えたビッグマミィは疲れた様子でプールの中をゆらゆらと泳いでいた。愛しげに卵をその下腹で撫でている。そして、フッと顔を上げると、人間たちの方を見た。

「ビッグマミィがありがとうって言ってます」

ゆめが通訳した。ゆめには、土星の超能力がなくても生き物の言葉がわかるらしい。

「そうだね」

想乃は優しく頷いた。夢二と日出男と詩文も同じ顔をしていた。

「よっし、じゃあ、マミィ、ヨンシーんとこ行くか！」

ビッグマミィはすべてを受け入れた様子で頷いた。潔い鰻なのである。

夢二は袖まくりすると、プールに両腕を突っ込み、ビッグマミィのエラのあたりをむんずと摑んだ。そして、引っ張り上げると両手で掲げ——四万十川へ放った。

ビッグマミィは放物線を描いて飛んでいく。それは羽が生えているかのような見事な飛翔だった。

続いてプールを持ち上げると、ウォーという掛け声とともにこれまた中の水ごと川へ向かってひっくり返した。無数の卵がきらめきながら川へと落ちていく。

水中からビッグマミィが不思議そうにこちらを見ていた。

「子供には母ちゃんが必要だ」

ビッグマミィがありがとうというように大きく跳ねた。

「本当にありがとう。このとおりだよ」

ビッグマミィの声が夢二の耳に聞こえた。日出男が聞こえるように力を使ってくれていた。

とはいえ、ビッグマミィの態度はこのとおりだよという割には偉そうで、「だから合ってねえんだよ、それ」と夢二は照れくささを隠しつつわざと乱暴に言った。

「じゃあね」

想乃と詩文が言った。

「シャララー」

夢二と日出男が同時に言った。

「なに、それ？」

「土星の言葉で、また会える。たしか」

「夢二、おまえ、なに言ってんだ」

望月に不思議そうに尋ねられ、真田きょうだいは笑ってごまかした。日出男が土星人であることは、真田家だけの秘密だ。

ビッグマミィの背中が一度だけキラリと光り、やがて見えなくなった。後には今までと変わりない四万十川の豊かな流れがあった。

夢二がビッグマミィを川に戻したことについて、その場にいた誰も抗議することはなかった。こうなることは予測していたかのように、蒲焼が食べたかったなどと文句を言う者もいない。全員が鰻の親子の幸せを願っているのは間違いなかった。

想乃は、子供には母ちゃんが必要だという言葉に打たれていた。父ちゃんは必要ないのかと思いもしたが、真田家には父ちゃんがわりになりそうな伯父と叔父が三人もいる。

そして、日出男は日出男で、これが地球人の家族観なのかと冷静に分析する一方で、今まで感じたことのない感動らしきものを覚え、戸惑っていた。

「さ、ビッグマミィの出産祝い、すっど。店集合な」

夢二が感動の涙を堪えて皆に声をかけた。肝心の主役はすでに川の中だが、巨大鰻をさばき損なったヨンシーも呼んで、盛大に新しい命の誕生を祝おうというのである。あかりとゆめの尊敬のまなざしが心地いい。

その日の夕暮れ、蒲焼と地焼きの代わりに焼肉と夢二ライスでビッグマミィの出産祝いのパーティーを終えた真田四きょうだいは好みのスイーツを手に庭に面した縁側にいた。夢二と詩文はコーンに盛ったバニラアイス、日出男と想乃はあんころ餅である。

こんなふうに休日の夕方にきょうだいが揃って縁側で寛ぐなど何年ぶりか。夢二は口には出さなかったが、せつないような満ち足りたような気持ちだった。

ビッグマミィを川に返すことは、たぶん最初にその声を聞いた時から決めていたのだと思う。あとはあの卵が無事に孵ればいい。そうしたら四万十川は鰻だらけになってしまうだろうか。その時は焼肉ＳＡＮＡＤＡでも蒲焼メニューを増やしてやる。

だが、ひょっとしたらビッグマミィが鶴の恩返しや浦島太郎の亀みたいに助けたことへの恩返しなどしてくるのなら、話は別だ。内容次第では、なんなら一生鰻断ちをしてもいい。

もしも鰻の恩返しでなんでも望みを叶えてやるというのなら、夢二は日出男をこのまま地球人として真田家次男でいさせてほしいと言うだろう。

……などと考えていることなどおくびにも出さず、夢二は想乃に尋ねた。

「想乃、おまえ国語の教科書、まだあるか？」

「捨ててはないと思うけど。なんで？」

「やり直しとけ。子供に絵本、読んでやるんだろ」

想乃は思いがけない言葉に息を呑み、素直にはいと答えた。

「めでたいき。家族が増える。なあ、日出男」

日出男は小さく頷いた。家族というものの理解がここ最近急激な勢いで進んでいる日出男は、夢二を見る目に尊敬がこもっていた。

「そういえば日出兄、神内になにしたの？」

詩文がどんどん溶けていくアイスにかぶりつきながら訊いた。想乃も興味を持って日出男を見る。

「まず、夢二との記憶を消しておいた」

「それ大事」と想乃。後で傷害事件などに発展しては、しゃれにならない。なんといっても神内自身はアホでも、父親は地元の名士なのだ。

「で、あいつは永久にＳＮＳができないようにした」

想乃はそれを聞いて笑い出した。そういうことだったのか。道理でそれまで中毒かというほどＳＮＳに写真を連投していたのが止まったわけだ。かといって、そのことを惜しむようなフォロワーの書き込みも心配する声も皆無だったところがまた笑えるのだが。

「それから」

「それから？　まだあるの？」

「想乃が望むなら、もっとひどいことだってできる」

「地球人かよ。じゃあ、私との記憶も消してもらおうかな」

日出男はそれが本心なのかどうか見極めようとするかのように想乃の顔をじっと見つめた。

「それぐらい。あとはなにもしなくていい。ありがとう、日出兄」

「それだけでいいの？」

「目一杯育てる。一人で」

「一人でじゃねえわ」怒ったように夢二が言った。

「そうだ」詩文もいつになくキリッとした顔で付け加えた。

「なあ、日出男」

「そうだ」

想乃の涙腺はもう耐えられなかった。ぽろぽろ涙をこぼしながら言った。

「泣かすな兄弟」

想乃は涙をごまかすようにあんころ餅を一気に口に入れ、そしてちょっとむせた。こいつら最高だぜと心の中で思ったが、口には出さなかった。

息子か娘かわからないけれど、早く生まれてこい。この最高にファンキーな伯父さんと叔父さんがなにがあってもあんたを守ってくれる。シングルマザーになることは今でも少し怖いけれど、以前はあった産まない選択肢は完全に想乃の中から消えていた。

ちなみに数日後、街中でまだ顔に絆創膏の残る神内とすれ違ったが、想乃の顔を見ても反応ひとつ示さずに通り過ぎていったのだった。日出男は本当に記憶を消してくれたらしい。


日出男はといえば、いつものアルカイックスマイルにも似た穏やかな微笑みを浮かべ、この静かな時間を味わっていた。心の中では、ビッグマミィ事件、神内殴り込み事件と立て続けに起きた家族にまつわる事件は、地球観測隊としては特筆すべき出来事として土星にレポートしていた。

ちなみに観測隊員としての報告レポートは、地球人のようにデータを手動で打ち込む必要はない。地球人がいうところの思念の力テレパシーを使って念じるだけで、映像やまとめた報告書が探査機経由で土星に届くのである。

土星の探査機がどこにあるか？　それは常に日出男の近辺およそ半径十キロ圏内を自

由に飛び回っていた。探査機は自在に大きさを変えることができ、小型の時には人間の拳大、すなわちジャガイモほどの大きさになっている。

そう、土星の探査機とは、最近想乃がやたらと「なぜこんなところにジャガイモが？」と遭遇しているアレである。想乃に蹴飛ばされそうになり、蹴られたふうを装って自ら飛びのき、ラブホテルの駐車場で宍戸のベンツのサイドミラーを割ってしまったりしたあのジャガイモだ。

もちろん屋外だけではない。時には、真田家の野菜カゴになに食わぬ顔で収まっていたり、婚活パーティーの料理の中に紛れ込んでいたりした。そうやって地球人が目にしても手にとって調べようとは思わない存在の仕方で常に日出男とその周辺の人間たちを観察記録し続けていた。それは日出男の意思とは無関係である。ある意味、日出男は守られていたとも、監視されていたともいえる。

ジャガイモ型探査機は、実は内部は地球人には到底解析できない緻密な構造になっている。その通信システムは高度で、土星におけるNASAのような宇宙開発本部とは常に交信可能な状態となっている。

ただし、日出男ことトロ・ピカルと直接交信しているところを地球人に見られると面倒なことになるので、日出男は土星本部と探査機を通じて連絡する必要がある時には、周囲に地球人がおらずなおかつ通信状態が良好な天狗高原で行っていたというわけである。

日出男がホームステイするサンプル家庭として真田家が選ばれたのは、地球のコンピューターよりはるかに高度な予測機能を備えたコンピューターが地球人の中から最も適当と判断したからなのだが、この家に次男として入り込んだ時から日出男は家族というものを観察し、その争いごとの原因や心理などを分析してはレポートする任務を土星時間の一年間、地球時間の二十三年間にわたって遂行してきたのだ。

この日も縁側で団欒する真田きょうだいを庭の隅からジャガイモがじっと窺っていた。笑い合う真田四きょうだいの様子に「全然じゃーん」と苛立たしそうにつぶやいてジャガイモは高速で宙へと飛び立っていった。

それを察していたのはもちろん日出男だけだった。

16

早朝、日出男は天狗高原にいた。足どりは重く、その表情は暗い。ゆっくりと崖のふちまで歩いていく。

「おはようございまーす」

ふざけたような声が聞こえてきた。声の主はふわふわと浮かんでいるジャガイモ探査機である。

「トロ・ピカルにクイズです。地球人を土星に連れて帰るのはなんのためだ？」

日出男が答えられずにいると、声に苛立ちが混じり、詰問口調になった。

「トロ・ピカル、おまえがこの星に来た使命はなんだ？」

「……地球人を一人土星に連れ帰ること。派遣された家族の中から一人だけ」

「なんのためだ？」

「家族という概念を研究するため」

「わかっているなら誰を連れていくか決めろ。土星が滅びるぞ」

「……はい。決めます」

巨大化したジャガイモがゴゴゴと轟音を立てて谷底から上がってきた。それは宇宙船以外のなにものでもなく、日出男を圧倒した。

日出男は顔を上げない。心は乱れていた。土星ではエリートコースを歩んできた。どんな時も冷静沈着に行動ができるからこそ、単独地球観測隊員に選抜されたのだ。土星の未来を背負っているくらいの覚悟で地球へやってきた。

実は近年、土星では他の惑星への移住計画が持ち上がっているのだ。土星は太陽系に属する惑星の中でも最も高度な知的生命体が生きている。しかし、大気は93%が水素で、体積は地球の八百倍近くもある割には、決して棲みやすいわけではない。

地球でいうところのスズメバチのように横並び精神が行き届いているので、ごく一部のエリート以外は競争というものもないのだが、争いがないということは人口増加にもつながり、最近では居住可能区域が満杯になりつつあったのだ。

この問題を解決するために考えられたのが、他の惑星への移住である。といっても、侵略戦争を仕掛けるのはどうなのかという意見が多数を占め、それならば地球人に擬態して移住するのはどうかということになったのである。日出男はそのためのいわば先遣隊だった。

地球と土星の大きな違いは、その組成だけではない。地球には、土星にはない家族という概念があるのだ。地球人に擬態して生活するためには、家族を知らなければいけない。そのために真田家の次男になって地球時間の二十三年間という日々を暮らし、地球人を観察してきた。さらにこの研究を深めるためには、任期を満了し帰星する際にサンプルとして地球人を一人採取して連れ帰り、その脳波や心理、生物学的な仕組みも徹底的に探る必要があるのだ。これは家族の概念を探ることが最も大きな目的なので、これまでの真田家のデータと照合する必要性からも通りすがりの地球人で済ませるというわけにはいかなかった。

日出男は苦悩した。

——真田日出男、この時点で任期満了まで残り三日。

日出男の苦悩をよそに真田家の朝はいつもと全く変わらなかった。しいていえば、母になると決めた想乃は積極的に身体にいいもの、特にミネラル、カルシウムを摂るようにしていることだろう。今までは嫌いだったひじきの煮つけも頑張って食べている。日出男は黙々と食事をする家族の顔を一人ずつ見渡していた。その胸にこの二十三年間の真田きょうだいとの思い出が蘇る。

詩文。

詩文が高校生の頃、多忙な夢二のかわりに高校の三者面談に行ったことがあった。成績は悪くはなかった詩文だったが、両親が亡くなり、自分の夢を諦めて焼肉屋を継いだ兄に苦労はかけたくないときっぱりと就職の道を選んだ。

そのくせ帰り道、少し寂しげで、なぜ言葉と表情が裏腹なのか、感情表現に乏しい土星人の日出男にはよくわからなかった。そして、なぜか海辺の公園に寄ることになった。詩文がブランコに乗りたいと言い出したからだ。海を見下ろす位置にブランコがあり、詩文は「日出兄も乗ろうぜ」と子供のように駆け出した。

ブランコに立って乗ってみたものの、日出男には立ち漕ぎがまったくできなかった。

「日出兄、ウソだろ。なんでできないいんだよ」

兄がブランコに乗れないことを知らなかった詩文は絶句した。

「なんでだろう……」

とはいったものの、答えは簡単。土星にはブランコなんて存在しないからだ。そもそも重力が地球とは違うから、風に揺れる風鈴みたいに人間の身体が乗ったまま前後に大きく揺れるということが体感できなかったのである。

詩文は呆れ、笑いながらも日出男の身体をブランコごと押した。

「ちょっと視界が変わるだけだけどさ、世の中が違って見えるだろ」

「本当だ」

日出男は今まで感じたことのない動きに興奮した。振り子運動の繰り返しなのだが、今まで見えていた景色が違って見える。海の輝きが変わる。

勢いがつけば自然とバランスをとることができるようになり、そのうち日出男は上手に漕げるようになった。

ブランコは振り子のように高くまで上がり、そのたびに海の彼方まで見えた。

「気持ちいい」

日出男が初めてブランコに乗った子供そのものの笑顔でいつまでも漕ぎ続けるのを見ているうちに、詩文も気持ちが吹っ切れたようだった。そうして決めたのが今のガソリンスタンドの正社員の仕事だった。

日出男には詩文を選べなかった——。

次に日出男は想乃を見た。想乃との一番の思い出といえば、彼女が高校一年の冬である。二月の十日過ぎ、想乃はキッチンでチョコレートをつくっていた。もちろんバレンタイン用だ。プレゼントする相手は、ボクシング部の主将だと言っていた。今にして思えば、神内である。あの時止めていたら、運命は変わっていたのかもしれないし、やっぱり変わらなかったかもしれない。いずれにしても介入できるものでもなかっただろう。

十七歳の想乃は嬉しそうに湯せんで溶かしたチョコを丸め、色とりどりのチョコスプレーを上から振りかけたり、溶かしたホワイトチョコで模様をつけたりしていた。

好きな男に特定の日に菓子を渡すというのは、土星にはない概念だ。土星では、地球でいうところのスズメバチの女王にあたるのは遺伝子管理センターであり、そこですべての国民の遺伝子情報と特性がデータ保存されていて、適宜マッチングされると、人工的に授精作業が行われ、次の世代がつくり出される。

つまり恋愛という概念もないのだ。自分以外の相手に特別に執着することがないから、必然的に国民は皆平和に穏やかに暮らしていくことになる。想いが深い分、反動で嫉妬や失望といった感情に苦しむのだということを地球に来て日出男は初めて知ったのだった。

バレンタインデーなるものはどういうものなのか、これはいいリサーチの機会だと思って、想乃に質問してみた。

「なんでチョコあげるの?」

「まあ、メーカーの戦略なのは間違いないんだけどさ、気持ちだよ、気持ち」

そう言うと想乃はつくりたてのチョコを一粒手に取り、日出男の口にはいどうぞと入れてくれた。

「美味しい！　なんだこれ、口の中が宇宙だッ」

日出男はもぐもぐしながら歓喜の声を上げた。まさに広大な宇宙空間にさまざまな惑星が存在する神秘そのものを感じた。

「チョコ初めて食った人かよ」

想乃は笑ったが、実際そうだったのだ。三度の食事以外に間食する必要は全く感じなかったし、まだ真田家の両親が生きていた頃におやつを出されても、チョコのようなものが与えられると、すかさず夢二に横取りされていた。

日出男があまりに感激しているのを見て、想乃は気をよくした。

「どんな顔。じゃあ、多めにつくるよ」

日頃あまり感情を露わにしない兄を感動させられるほどうまくできたのなら、学校中の女子にモテモテの神内にも振り向いてもらえると思ったようだ。とはいえ、想乃の神内に対する恋心は、「おまえ、誰だっけ？」のひと言で見事に玉砕したのだが。

想乃が神内と付き合うようになったのは、高校を卒業して九年目の同窓会で再会したのがきっかけだった。二次会の居酒屋を出る頃には、神内は足元もおぼつかないほど酔っていた。その神内をなぜか送っていくことになったのが想乃だった。もう歩けないとネオン街で動けなくなった神内は、ちょっと休ませてと入ったラブホテルで豹変し、まだ残っていた恋心を見透かされた想乃はあっけなく落ちた。寝物語に「高校の時もらったチョコうまかったな」と言われたのも泥沼へズブズブと踏み込む後押しとなった。当然のことながら、神内の方は適当に言っただけだったのだが、想乃は知る由もない。

そんな一連のことは日出男がずっと後になってから、能力を使って想乃と神内の思念を読んで知ったことだった。

あの時のチョコを日出男が絶賛したのも想乃が神内と付き合う、いや、正確にはヒモにしてしまったきっかけかもしれないと日出男は思っていた。かえすがえすも運命というのはわからない。

いずれにしても、あの時のチョコの美味さを思い出し、日出男は想乃に「どんな顔」と言われた顔になっていた。

日出男には想乃も選べない——。

次に日出男は夢二を見た。夢二との思い出が蘇る——かと思われたところで、夢二の尻から強烈な爆音が聞こえた。

「しっつりー」

駄洒落(だじゃれ)になってない駄洒落を言ってすました顔で食べ続けるが、時間差で漂ってくるものすごい臭いに周りはたまったものではない。想乃と詩文はそこら辺にある雑誌や新聞でバタバタとあおいだ。

美しい思い出を記憶から取り出そうと思っていた日出男は完全に冷めてしまった。

そして、日出男は立ち上がるとおもむろに言った。

「真田サミットを始めます」

食べることに戻った三人はチラリと日出男に視線を走らせるが、箸は止めない。

「大事な話が議題やき」

さすがにここで三人は食べるのをやめて日出男を見た。そもそも日出男が真田サミットを提起することは今までになかったことなのだ。

「土星人、トロ・ピカル――いや、真田家次男真田日出男は、明後日、生まれた星に帰ります。一緒に行きたい人、いますか」

三人はキョトンとした顔になった。意味がわからない。

「この中から誰かを連れていかなきゃいけない」

日出男の力を目の当たりにして、日出男が土星人であることを納得していただけに、この言葉も冗談ではないことが三人の中にじわじわと伝わる。

「連れていかれたら、どうなるんだ」と、夢二が質問した。

「帰ってこられない。二度と……地球には」

死ぬまで観察研究の対象となるのだ。さすがにそれは言えないが。

「逆に、もしもピカル、おまえが誰も連れていかなかったら、どうなるんだ」

日出男はすぐには答えられなかった。

その間に想乃が口を挟んだ。

「ごめん、待って。なんでピカルで切り出した？」

「そういうもんだろ」

「バカが！」

想乃と詩文の声がこだまする。ここで今本名で呼びかけるということは、兄弟としての日出男ではなく異星人の日出男として線引きするようなものではないかと想乃と詩文には思えたのだ。

「ごめんね、日出兄、どうなるの」

想乃が優しく尋ねた。

「……それは聞かなくていい」

それだけで想乃と詩文は最悪の答えを予想し、顔が引きつった。

「もしかしてトロ――」

「いい加減にしろよッ」

想乃が夢二に怒声を浴びせた。

「おまえ、殺されるんだな」

「それはマジでない」

「ないんかい！」

本気で心配していた三人はずっこけた。

「殺されはしないけど、罰は受けることになる」

「どんな？」

夢二が恐る恐る訊いた。

「土星って輪っかあるき。あれ、実は刑務所なんだ」

日出男は着ていた宇宙Tシャツのプリントの土星を示して言った。

「マジで！」

三人はあっけにとられた。まさかあれが刑務所だとは。一体どういう構造なのか。

「地球のアメリカのアルカトラズを参考にしてつくられた、脱獄不可能な刑務所バーム・クーヘン」

名前がアレ過ぎる……三人はもはやツッコミを入れる気にもならない。

「そこに十年はぶち込まれる」

「土星の感性やべえな」

夢二がつぶやいた。

「待って。十年って、どっちの時間で?」

想乃の質問はこの際非常に重要である。

「もちろん土星の時間……」

三人はとっさに計算した。土星の一年は地球の二十三年……ってことは、土星の十年は地球の二百三十年……。

「それ、殺されるのとなにが違うんだよ」

夢二に問われ、日出男は言葉を返せなかった。地球人にとってはとてつもない時間なのだ。もちろん土星人である日出男にとっても、十年は短いものではない。

日出男はきょうだいたちにミッションを告白したものの、結論が出ないままかえって戸惑わせてしまったことを申し訳ないと思っていた。土星のことを思えば、地球で言うところの「心を鬼にして」誰かを連れていくべきだ。観測隊に応募した時から、そこに迷いなど生じるはずはないと思っていた。今自分がこんな気持ちになっていること自体が信じられずにいた。

17

土星からの観測隊員の過酷なミッションを聞かされた方も、それぞれに考えを巡らせていた。

詩文は日出男が好きだった。いつもほんわかしたスマイルを浮かべ、決して怒らない。それでいて芯は通っていると感じさせる強さもあった。頭の回転は速いくせに、ブランコに乗れないとか、妙なところが抜けていて、それがまた魅力だったりする。やたらモテるくせに彼女をつくることもない。

それもこれも日本人じゃないどころか、地球人ですらなかったから、観測隊員の任務を果たしていたからなのだ。

血のつながりなどなにもないとわかっても、日出男を兄と慕う気持ちに変わりはない。だから、二百三十年もの間土星の輪っかの刑務所に日出男が閉じ込められるなんて、たとえ見えないところで行われるにしたって、あんまりだ。想像したくもない。

だとするなら、土星に連れていかれるのは……やはり自分ということになるのではないか。だいたい江戸時代は次男は長男のスペアみたいに扱われていたというではないか。

やっぱ俺か……。

土星には美味いものやイイ女はいるのだろうか。いや、そもそもあのタコのお化けみたいな姿が日出男の本来の姿だとすると、そんなところで気がおかしくならずに生きていけるのか。

詩文は悶々と一日を過ごしたのだった。

想乃も悩んでいた。折しも桜が満開だった。桜を見上げ、来年自分はどこでなにをしているだろうかと考えた。

このところ神内のこと、お腹の子供のことと立て続けに起きた自分自身の問題でいっぱいいっぱいになっていて、よもや日出男が地球外生命体だなどという予想外どころか荒唐無稽とすらいえる事実にちゃんと向き合えていなかった。日出男が不思議な力が使えることは、慣れてしまえば、そういうものだと受け止められた。

でも、日出男がいなくなるだけでも耐えがたいのに、兄弟の誰かを永遠に連れ去るとなると、もはやなんと言っていいのかわからない。日出男も一緒に子育てに参加してくれると思っていたのに。一人いなくなって、さらにもう一人誰かを連れていかれたら、残るのは自分と……。

そこまで考えて、想乃は自分が土星に行くという選択肢もあるのだと思い至った。お腹の子供もろとも土星に移住——ないない。いや、本当にないのか。土星には争いごとがないという。つまりイジメもないということではないのか。

「想乃さん、どうかしたんですか。具合でも悪い？」

あかりに声をかけられ、想乃はハッとした。結論の出ない思索に、いつの間にか難しい顔になっていたようだ。

「あ、ううん。なんでもない。ちょっと考え事。家のこと」

「そうですか。それならいいけど。あ、お兄さんに焼肉ごちそうさまでしたって伝えてくださいね。ゆめが夢二ライスすっかり気に入っちゃって、また連れていけってうるさいんで、近々また伺いますね」

「あ、はい」

お兄さんってどっちだ。やはり夢二のことだよな。そういえば、あかりさんは夢兄と結構話が弾んでいた。いっそ夢二と結婚して家に入ってくれたら……。

想乃は自分の妄想がどこまでも暴走しそうで、慌てて首を振るとクリーンセンターの入り口へ向かった。お腹の中で赤ん坊が動く感覚があった。

確実に時は進んでいくのだ。真田家は一体どうなるのだろう。

夢二はテトラポッドの海岸で釣りをしていた。釣りの占いである。昔から悩み事があると、釣果によって迷っている事柄を占うのだ。

今日の問題は誰が日出男と一緒に土星へ行くかである。

鯛が釣れれば想乃、伊勢海老なら夢二自身、それ以外は全部詩文と決めた。

こんな海岸線近くで鯛や伊勢海老が釣れるはずもないので、無意識のうちに詩文を選んでいるということに夢二自身は気づいていない。

そして、釣り糸を垂れた。しばらくして引きが来た。どんな雑魚だ。さらば、詩文よ。

そう心の中で泣きながら思い切り引く。

伊勢海老だった。しかも、デカい。

奇跡である。

「……なーし、なしなーし」

なかったことにして伊勢海老を海へ帰した。

やはり釣り占いはダメだ。夢二は片づけを始めた。答えなんて出るはずもなかった。

できることなら日出男にいなくなってほしくない。これまで通り四人で、そして年内にはもう一人チビが増えて賑やかに暮らしていくわけにはいかないのか。

そこで夢二が思い浮かべたのは、「かぐや姫」の物語だった。たしかあれもかぐや姫が月に帰るのをやめさせようとするシーンがあったよな。つまりかぐや姫もまた地球観測隊員だったということだ。

結局帝（みかど）が兵を送って月からの迎えを阻止しようとしたが無駄だった。最後は月へと帰ってしまうせつないラストだった。

でも、月では地球人を連れてこいなんていうミッションはなかったぞ。

思い悩み、ブツブツ独り言を言う様を日出男が離れたところから見つめていたことに夢二は気づかなかった。

その夜、仕事が終わった後、スタンド看板を片づける夢二の横をヨンソとミゲルがお疲れさまでしたと帰ろうとしているところだった。

夢二は急にひらめいた。

「ヨンソ、ミゲル、ちょっと待った」

「はい」

「なんですか」

「俺は二人のこと、マジ家族だと思ってるけど、逆に二人はどう?」

「もちろん思ってます、ボス」

ヨンソが感激の面持ちで言った。

「僕もです、ボス」

ミゲルもうるうるした目で夢二を見る。

「本当か？」

「ドリーミン！」

二人は叫ぶと忠誠を誓うポーズを取った。

「オーケイ。じゃあ、ニッポンじゃなくて、もう少し遠いところに留学しちゃうか！」

「オーケイ、しちゃうしちゃう！」

あまりのノリのよさにさすがに夢二も虚しくなった。いくら家族同然とはいっても、こいつらは家族じゃない。俺はなんということを考えていたのだ。

「お疲れ」

「お疲れサマでした」

ヨンソとミゲルは踵（きびす）を返した。

「あいつ、ナニ言ってんだヨ」とヨンソが言うと、「マジ意味わかんねえ」とミゲルも同調した。

「おい、聞こえてるぞー」

ボスといっても、忠誠を誓うポーズをしても、所詮こんなものだ。夢二は肩を落とした。

「……兄ちゃん」

ずっと見ていたらしい日出男がとがめるというより戸惑いの声を上げた。

「わかってるよ。上タン（冗談）だっつうの」

日出男の悲しげな目が心に痛い。


深夜。

眠れなかった夢二はウィスキーをロックで呑みながら、家族のアルバムを開いていた。

「平成二十五年度高知県立高知南高等学校　卒業式」と墨で黒々と書かれた看板が高校の正門前に立てかけられ、卒業証書の入った筒を持った詰め襟の詩文、スーツの夢二、赤いワンピースを着た想乃が直立不動で必死に泣くのを堪え、堪えすぎてかえって怖い顔になっている写真があった。

夢二と想乃の間は不自然に間隔があいている。撮影時にはやはりスーツを着た日出男がいたからだ。こうしてまるで最初から日出男などいなかったように三人きょうだいだけで写っているのを見ると、本当に日出男は異星人なのだと突きつけられるようで涙が出そうだ。

この頃は本当に大変だった。本気でスターを目指し上京したものの、さすがに音楽で生きていく才能がないことは自覚して高知に戻ってきてはいた。それでも音楽関係の仕事をしながらバンド活動もしようとしている時だった。

両親が相次いで他界して、まだ高校生だった詩文をなんとか大学まで行かせてやりたかった。想乃もいつかはこの家から嫁に出す時には、恥ずかしくないだけの支度をしてやりたいという思いもあった。高校を中退して働くと言い出した詩文をなんとかなだめすかして卒業させた。大学はついに行かせてやることができなかったが。

そうやって必死に走ってきた十年。日出男はいつもそばにいた。ちょっと頼りないが、いるだけで安心できたし、女性客には人気だし、店の大きな戦力だ。

酔いが回ってきて、夢二はゴロンと横になった。悲しい思いだけで頭が回らない。

「ごめん」

いきなり上から日出男に覗き込まれ、驚いた。夢二は起き上がった。完全に心を読まれているのか。

「謝ることじゃねえだろ」

つい言い方がぶっきらぼうになった。

「謝ることだよ……」

夢二はテーブルに置いてあった帽子パンを手にとった。近所の手作りパンの店の人気商品だ。メロンパンにそれこそ土星の輪のように薄い皮が巻きついていて、見た目は麦わら帽子にそっくりなのだ。

夢二はその帽子パンの外周部を取り外すと、そこだけ先に食べた。

「土星喰い」

アルカトラズに似た刑務所バーム・クーヘンを食ってやるという気持ちを込めた。

「懐かしい」

笑って日出男はただのメロンパンになったパンを夢二から受けとり、かじりついた。

「地球喰い」

二人は顔を見合わせてククと笑った。子供の頃から二人だけに通じるギャグなのだ。

「てかよ、宇宙ってどうやって帰るんだよ。庭とか裏山にロケット的なものが隠されてる系か？」

夢二が素朴な疑問を口にした。すると、日出男は黙ってレトロな座椅子を指さした。父が生きていた頃に愛用していたもので、エンジ色のフェイクレザーの生地はすでにあちこちすり切れ、大分ガタがきているのだが、捨てられずに部屋の隅に置いてあるものだった。

「親父の椅子がどうしたんだよ」

「それで帰る系」

「つまんねえよッ。土星ギャグつまんねえ」

「じゃあ、座ってみてよ」

日出男はあくまでジョークを続けるようだ。上等じゃねえか。酔った勢いで夢二は立ち上がると、荷物に埋もれていた座椅子を引っ張り出し、広げた。

「ああ、座るよ。今どかすよ。で、今座るよ。で、座ったよ」

夢二はドヤ顔で日出男を見上げた。

「んっ」

日出男が念じた。次の瞬間、夢二の身体が椅子ごと宙に浮かんだ。ぐらぐらして今にも落ちそうだ。そして、上昇は止まらない。

「おーーーーッッ。うわ〜〜助けてくれ〜〜」

ついに天井にぶつかり顔がひしゃげる。夢二は絶叫した。

なにごとかとパジャマ姿の想乃と詩文が飛んできた。

「助けてください！　助けてください！」

夢二が叫び、なんとか引きずり下ろそうと想乃と詩文は夢二の足を引っ張る。

「これ、なんなん⁉」と想乃が叫ぶと、「宇宙船だって！」とこれまた夢二も怒鳴る。

大騒ぎである。

「信じた？」

「信じた！　信じたから下ろせっっ」

日出男が目を閉じ、んっと力を入れた。その途端に重力はもとに戻り、夢二はドサリと座椅子ごと床に着地した。

「エーッ、ウソォ、これ？　これで？」

驚き過ぎて夢二の言葉はめちゃくちゃだった。こんな適当な宇宙船、いや宇宙椅子で土星に帰る？　土星のセンスは本当にわからない。

18

真田日出男　出発まで二十四時間――。

「おはようございます」

真田家の朝。四きょうだいはまずは遺影の両親に頭を下げ、食卓に向かった。それぞれが胸に秘めた思いなどおくびにも出さず、いつも以上にいつも通りの朝だった。だが、緊張は隠せない。

納豆の入った丼が無言で回される。夢二、想乃、詩文、日出男の順番だ。日出男がもたもたしていると、夢二が向かい側から手を伸ばして丼を取り上げ、テーブルの真ん中に置いた。夢二が急いている感じが皆に伝わってくる。

やがて夢二が立ち上がった。

「真田サミットを始めます。大事な話が議題やき」

三人は箸を置き、神妙な顔で聞き入った。

「明日の夜明け、真田家次男・真田日出男改めトロ・ピカル君が土星へ帰ります」

想乃と詩文はなにか言いたげな顔をしたが、黙っていた。

「そこに一人連れ去られます。いろいろ考えました。考えた結果、こればっかりは兄妹の親代わり、一家の大黒柱、自分の夢は途中で捨てて焼肉屋を嫌々継いだ、なんといっても長男であるこのわたくし、真田夢二が独断と偏見をもって決めさせていただきたいと思います」

夢二は一気に言い切った。

「ふざけんな」

想乃が吐き捨てるように言った。長男だからってそんな権利があるのか。

「いいよ、もう。どうせ俺だろ、俺なんだろッッ」

詩文が駄々っ子のように叫んだ。緊張感に耐えられなかったようだ。

「聞け」

「夢二は自分は絶対嫌だ」

「聞け」

「想乃は妊娠してるってきたら」

「聞ーけ」

「もう俺しか残ってねえじゃん」

詩文は考えに考えて、もし議論で決めるならそうなるだろうと思っていたのだとぶちまけた。

「まあぶっちゃけね」

想乃もまたいったんは土星で出産することまで考えた割には冷たく言う。

「これだから末っ子は損なんだよッ」

「聞けって」

「全然平等じゃねえや」

「てめえ、聞けっつってんだろッ」

ついに夢二がキレた。さすがに詩文もこれには黙った。日出男はいたたまれないという顔で目を伏せている。

そして、夢二はポケットからなにやら取り出した。白い紐だった。三本ある。

夢二はテーブルの下で三本の紐を撚り合わせ、やがて握った拳の間から出した三本を突き出した。先端は握られた拳の中にあるため見えない。

「一本だけ先が赤い。誰からでもいいよ。平等だろ。選べ」

いつの間にかくじ引き用の紐を用意していたのだった。

「姉ちゃん、いけよ」

「おまえは私の弟だろ」

「でも、姉ちゃん……」

「うるせえ。早く引けよ」

詩文はこれ以上何を言っても無駄と思ったのか、迷った末、一本を選んで先端を握った。

「夢兄、どっちがいい？」

「うるせえよ、妹」

今度は想乃が夢二の圧に負け、残っている二本のうちの一本を握った。最後の一本を夢二が握った。

「いくぞ」

想乃と詩文は頷きを返した。

日出男が目をつむった。

「せえの！」

握った手を開くと、その中の一本の端が一瞬で赤く染まった。それは夢二が引いた紐だった。実は夢二が日出男に夢二が引いた紐を染めるように命じておいたのだった。

想乃も詩文も言葉がなかった。

「決まりだ。真田夢二、土星に引越します！　アイアム、ドリームメン！　ちなみに想乃も詩文も今日仕事を休むことは許しません。それが仕事だ」

兄の悲壮な決意を感じ、想乃も詩文もはいと素直に頷くしかなかった。

「でも、夕方には帰ってきてね。で、日出男、今日はおまえが俺のＤＯに付き合え」

「……はい」

日出男も小さな声で答えたものの、いたたまれない様子で、ずっと俯いていた。


仕事に行けと言われ、想乃と詩文は駐車場に向かった。二人とも考えていることは同じだ。さっきのくじ引きは、夢二が自分が当たるように仕組んでいたものではないのか。あの兄ならやりかねない。だとしたら、それに異議を唱えるようなことも安易にはできない気がした。

「姉ちゃん、なにが正しいんかな」

「……うん」

そう言われても、想乃には答えられなかった。なにが正しいかなんて誰にもわからない。全くわからない。ただ、確実に言えるのは、時間は前に進むしかなく、明日になれば日出男は父の座椅子に乗って土星に帰り（ホントか？）、あと半年も経てば赤ん坊が生まれてくるということだけだ。

そこに夢二と日出男がいない……？

想乃と詩文は同時に車に乗りかけてやめ、家へと引き返した。それぞれ職場には仮病を使って欠勤ということにした。

本当にあと一日しかないのなら、兄がなんと言おうと、今は仕事より家族に決まってる。

夢二は日出男を連れて以前両親が使っていた部屋に向かった。両親が亡くなって十年。不要品が出ると、捨てるまでちょっとだけ考えようという口実のもとに「しばらく置かせて。後で片づけるから」と言いながら何年も経つのはもはや当たり前。今では完全に物置である。

「久々に入ったなあ。うわ、ホコリっぽい」

夢二の手にはなにやら文字の書かれた木札が二枚。日出男は、夢二の意図がわからないながらに空の段ボール箱を持って続いた。

「よし。さあ、やるぞ」

一枚の札には「廃棄」、もう一枚の方には「取っておく」と書かれていた。要するに要るものと要らないものを分別しようというのである。

それぞれの札の前にスペースをあけ、直感でどんどん仕分けして置いていく。とはいえ、久しぶりに入るくらいだから、必要なものなどそもそもあるはずがない。ほとんどは「廃棄」のコーナーに並べられることになる。おまけに、イギリス国旗が「取っておく」で、地球儀が「廃棄」と、法則性はあるようでない。

やがて夢二は古いギターとアンプを見つけた。

「おお、リッケン、久しぶり」

古い友人にでも再会したかのように目を輝かせて夢二はギターを手に取った。

それを見ていた日出男にかつての記憶が蘇った。

あれは夢二が高校三年、日出男が中学に入った年だった。つまり日出男が地球にやってきて一年が過ぎた頃だ。

夢二の部屋の壁には、ブルーハーツやラモーンズのポスターが所狭しと貼ってあった。

夢二は買ったばかりのギターを磨いていた。

「こいつはリッケン。お年玉貯金とバイト代の結晶だ」

夢二は子供の頃からのお年玉、といっても大半は駄菓子に遣ってしまっていくらも残っていなかったのだが、それに加えて新聞配達や両親の経営する焼肉屋の手伝いなどで稼いだアルバイト代で、最近大阪まで行ってギターを手に入れたのである。

「リッケン？」

日出男が訊くと、正式名称リッケンバッカーは、ビートルズも愛したアメリカのエレキギターブランドで、ホロウボディといってアコースティックギターのようにボディに空洞をつくることでサウンドに独特のエア感が出るのだと、いかにも受け売りっぽい知識を披露してみせた。もちろん日出男にはチンプンカンプンである。

「ってか、土星ってマジでギターないが？」

「うん、ない」

「最低の星だな。政府はなにやってんだよ。よし、じゃ、教えてやるよ」

夢二はギターを構え、アンプを調整すると、『リンダリンダ』を弾き始めた。近々文化祭で望月たちと組んでいるバンドの演奏で披露する予定なのだ。

夢二はノリノリで演奏し始めた。気分はブルーハーツである。もちろん演奏しながら歌う。はっきり言って上手(うま)くはない。聴く人が聴けば、これでプロになろうというのは、世の中をおちょくってんのかと言われても文句は言えないくらいのレベルである。

それでも、日出男は目を輝かせた。これが地球の音楽というものなのか。弾むリズムに自然と身体が踊りだす。いつの間にか声を合わせ、縦ノリにジャンプしながら歌っていた。

この日の土星へのレポートでは「地球人はギターという楽器で夢を見る。それが歓喜を呼び起こす」と送ったほどである。

だから、日出男にとっても、このリッケンバッカーは、夢二と心を通わせた思い出の品であり、まだ真田家に両親が揃っていて、夢二が心置きなく夢を見られた最後の時代の象徴でもあったのだ。

夢二は、アンプやエフェクターを一瞬迷った後、「廃棄」のコーナーに置いた。

「……どうして？」

最近は触っていなかったとはいえ、大切なものではないのか。

「一人増えるんだ。使える部屋は多い方がいいだろ。あの想乃が母ちゃんになるっつうんだよ。あいつ自身高校生の時には親がいなくなって、生まれてくる子供にも親父がいないっていうんなら、俺がなるしかないだろ――て思ったんだけど、詩文を行かせるわけにもいかねえからな。せめてこれくらいはな」

日出男はなにも言えない。地球人の家族に入り込んでこの方、こんなにも心が揺さぶられることはなかった。揺れる気持ちは最大限に達していた。

夢二はリッケンバッカーも「廃棄」に置いた。

「もともと捨てた夢だ。あいつらの親代わりになるって決めた時から」

それらの言葉を駐車場から戻ってきていた想乃と詩文は全部聞いていた。二人が涙が込み上げてくるのを必死に堪えていることに日出男も夢二も気づいていない。

「……俺、なんで来ちゃったんだろう」

日出男が泣きそうな顔で言った。その顔はこの真田家に、十二歳の少年に擬態して入り込んだ頃のちょっととぼけた少年時代と少しも変わらなかった。

「土星には土星の事情があるんだろ。地球だってぐちゃぐちゃだよ」

「俺が来なければ、家族は離れずに済んだのに」

「バカ野郎。おまえが来なかったら、こんなに楽しくなかったよ」

日出男の頰に涙が伝った。土星に住んでいた頃は、感情というのはフラットなもので、争いごともないかわりにとびきり嬉しいということもなく、とにかく淡々と日々は過ぎていくものだった。それが高度な知性というものだと教えられていた。それなのにこの感情はなんなのだろう。せつなくて悲しくてたまらない。

「日出男、おまえだって家族だ。たとえ土星人でもな」

「……兄ちゃん、家族ってなに？」

日出男はヒックヒックとしゃくり上げながら問いかけた。

「自分よりも大切なものがあるってことだ。そいつのためだったら、かわりになれるってこと」

その言い方がちょっとぶっきらぼうである分、夢二の優しさがにじみ出ていて、日出男は余計に泣けた。

「たとえどんなに遠く離ればなれになっても、そいつの幸せを自分の幸せなんかより願えるってことだ」

日出男は声に出せず、ただうんうんと頷くことしかできなかった。廊下で物音がした。見ると想乃と詩文が泣いていた。そして、部屋に飛び込んでくると、夢二と日出男に抱きつきオイオイ泣きだした。

「おまえら、仕事行けって言ったろ」

夢二が照れくささ半分、怒り半分で拳を振り上げるのだが、弟と妹は親代わりの頼もしい兄の優しさに子供のように泣いた。

結局その後は片づけをしながら、四人でこの二十三年の間の思い出話に花を咲かせた。山ほどの不燃ごみを夢二と日出男と詩文でクリーンセンターに運んだ。さすがに仮病を使って休んでいる想乃は同行するわけにはいかなかった。

19

真田日出男が地球人として過ごす最後の一日のハイライトは両親の墓参りになった。

真田家代々の墓は海を見下ろす高台にあり、見晴らしは抜群だ。

墓掃除にと夢二は罰当たりにも高圧洗浄機ケルヒャーを持ってきた。ご丁寧に小型発電機まで持参である。当然ながら、本来なら丁寧に手作業で掃除するべきところである。

「そんなの使っていいわけないでしょ」

「墓掃除だぞ」

想乃と詩文の抗議など夢二は無視だ。

「わかってるよ。最後の墓掃除だぞ。隅々までキレイにしてなにが悪いんだよ」

そう言われると返す言葉はない。確かに雑巾で磨くより、ケルヒャーの方が効率的ではある。

「いくぞ！」

威勢のいい掛け声とともに夢二がノズルを墓石に向けた。途端に強すぎる水が噴射され、墓どころかきょうだい全員がずぶ濡れになった。こうなるともはや子供の水遊びである。

ひとしきり遊びながら墓掃除を終えると、ようやく線香を焚く段になった。ゆっくりと空へと線香の煙が昇っていく。空へ。宇宙へ。

両親の墓に向かって四きょうだいは手を合わせた。それぞれが胸の中で両親に呼びかけていた。

それぞれの胸の内を覗いてみよう。

まずは詩文である。

――父ちゃん、母ちゃん。元気でやってるか。真田家はなんだか大変なことになりそうだよ。俺、末っ子だから、今まで兄ちゃんや姉ちゃんの後ろからくっついていけばいいと思ってたんだ。なのに、日出兄が土星人だったってだけでもビビってんのに、土星に帰っちまうとかいうし……これで夢兄までいなくなったら、どうしたらいい？　俺一人で姉ちゃんと姉ちゃんの赤ん坊守れんのか。なあ、父ちゃん、母ちゃん、俺、どうしたらいいんだよ。教えてくれよ。寂しいよ。寂しくてたまらないよ。

次に想乃である。手を合わせながらやや涙ぐんでいる。

――父ちゃん、母ちゃん。私、もうすぐ母親になるき。ホントならさ、母ちゃんにそばにいてほしいよ。出産の時、手握っててほしい。一人で産めるかわからん。産んだってちゃんと育てられるのかな。夢兄も日出兄もいないのに。詩文だってまだまだ頼りないし、ちゃんと真田家守っていけるのかな。

母ちゃんに料理もっと教わりたかった。父ちゃんには悪い男のぶちのめし方を教えてほしかった。今回は夢兄がやってくれたけど、これからは父親の役目もやらんといかんのやき。

父ちゃん、母ちゃん、会いたいよ。幽霊でもいいから、出てきてくれんかな。

誰よりも神妙な顔で手を合わせているのが日出男である。

――トロ・ピカルです。地球時間で二十三年が経ちました。初めてお二人に会った時のことは忘れられません。宇宙船のエンジントラブルで、店の屋根に不時着することになってしまい、お二人をひどく驚かせました。

あの時の私は土星人の姿のままだったから、お母さんが「タコ⁉」と叫んだのは当然だったと思います。お父さんが虫取り網を持ってきて、私にかぶせたのも、持ち帰って子供たちに食べさせようととっさに考えたからだと後で知った時に、私の地球人における家族という概念の観察が始まりました。

お二人が私を次男日出男として受け入れてくれて、他の三人の子供たちと分け隔てなく我が子というものとして接してくれたことにも感謝しています。あ、この感謝という概念は、土星にもあります。

私はこの一年、いや二十三年、真田家の次男としてホームステイしてきた日々を一生忘れません。真田家の次男でよかったと心から思っています。

家族というのは、土星にはないけれど、非常に興味深い組織だとわかりました。面倒くさいことも多いですが、これが地球人の組織の最小にして基本的な単位としていかに人の心を強く優しくするかを私は学びました。土星に帰ったら、地球の家族の素晴らしさを伝えたい。

私は明日土星に帰ります。地球観測隊としてこの星に来られてよかった。

しかし、矛盾しているようですが、一方で私は激しく後悔もしています。なぜなら、私が真田家に入り込まなければ、家族はバラバラにならなくて済んだからです。夢二が一緒に来てくれると言っていますが、それで本当にいいのでしょうか。記憶を消して済むとか、そんな簡単なことではないと思うのです。

本当は土星人なら、こんな考え方はしません。任務は任務。なんのためらいもなく家族をサンプルとして一人採取して帰るだけのことです。二十三年のうちに私はいつの間にか地球人らしくなってしまったようです。

お父さん、お母さん、日出男はどうしたらよいのでしょうか――。


四人の中では、夢二が最もサッパリした顔をして手を合わせていた。

――父ちゃん、母ちゃん。俺、ここまで頑張ったやき。本当だったら、今頃音楽で成功して東京のタワマンの最上階で女優と結婚して、かわいい子供が二人いるはずだったけどな。まあ、才能があっても、努力が苦手だったのが敗因かね。モッチーとヨンシーもなんだかんだで地元が好きやきね。まあ、いずれは帰ってきたんだろうな。でもよ、想乃も詩文も不器用だけど、立派な大人になったと思うだろ。バカだけどな。想乃は男を見る目がなさ過ぎるし、詩文は考えなしのとこがあるけど、どっちもいいヤツだ。

で、日出男だ。トロ・ピカル。こいつがさあ、かわいいヤツなんだよ。初めてうちに来た時には、すっとぼけたヤツだなあと思ってたんだけど、あんなに悪意ってもんがない人間は見たことねえんだ。あ、人間じゃないけどな。あんなヤツができるんだから、土星ってとこは悪いとこじゃねえのかも。

そんなわけで、父ちゃん、母ちゃん。想乃も詩文も大人になったことだしよ、日出男のことは放っておけねえんだわ。あいつがバーム・クーヘンとかいう刑務所に二百三十年もぶち込まれると思ったらさ、兄貴としては行かないわけにいかねえだろ。

幸い嫁さんもまだいねえし、それは今となってはよかったよ。別に負け惜しみじゃねえぞ。

心残りは二つだな。一つは焼肉ＳＡＮＡＤＡだよ。父ちゃんと母ちゃんの血と汗と涙の結晶の店だもんな。さすがに俺と日出男が抜けちまったら、店は無理だろう。夢二ライスだってバイトの二人にはつくれねえ。ああ、あの二人にも悪いことしたな。ボーナス弾んで次見つけてもらわねえと。

そして、最大の心残りはあれだ。想乃の赤ん坊だよ。悔しいけど神内の野郎はイケメンだし、想乃も口は悪いがよく見れば結構いい女だから、男と女どっちが生まれてもきっとかわいいと思う。でも、親父のいねえシングルマザーだ。苦労もするだろう。けど、まあなんとかなるだろ。なんたって真田家の女なんだし、詩文もいるからな。

「というわけで、いってきます」

夢二は思い切りさわやかに両親に別れを告げたのだった。

20

「本日臨時休業」

夢二は店の入り口に大きな貼り紙をした。

「えー、聞いてないよないよないよ」

週に三回はここで焼肉を食べることを人生の楽しみとしている望月は納得がいかない。

「しょうがねえだろ、気分だよ、気分」

「出たよ。おめえさんは小学校の時からずっとそうだな。面倒くせえと気分だ気分だってよ」

三歳の時に保育園のキリンさんクラスで隣同士になった時から互いに音楽でスターになるという夢を抱き、それが破れて別々の道を歩き始めた現在に至るまで、常に友達をやってきた望月は、夢二が気分というひと言であっさり予定を覆すのには慣れっこになっている。でも、本当はその「気分」の裏側には、結構のっぴきならない事情を抱えているのも知っていた。

小学校の時だって、急に遠足に行かないと言い出したことがあったのだが、その時も実は母が病気の祖父の介護で実家に戻らなければならず、父一人では焼肉屋の仕事が回らないのを見越して、親の手伝いをしたかったからだった。

四十年近い付き合いである。望月には夢二がただの気分で臨時休業にするわけではないことなどお見通しなのだ。

店の前には、真田四きょうだいが「ヤキニクサナダ」の揃いのTシャツを着て並んでいた。私服のヨンソとミゲルまでいた。仕事は急遽休みになったが、バイト代は出るというので大喜びでやってきたのだ。そこにあかりとゆめ、グリーンのジャージ姿の宍戸まで招集されていた。彼らは、なんだかわからないけれど、記念写真を撮るからと言われ、律儀にやってきたのだった。もちろん理由は夢二の「気分」で押し通した。それで集まるのだから、なかなかに人徳のあるきょうだいである。

もちろんここに集まったのは、最近真田家のきょうだいと深い因縁やらつながりがあり、今後も想乃と詩文が世話になるであろう人々だ。

「いいから、モッチー、そこ並べよ」

「嫌だよ」

望月は一人すねている。

「あっそ。じゃ、おめえは写るな」

「おいッ」

そう言われると、望月だって写真に入りたい。慌てて列に飛び込んだ。

想乃も詩文も今にも泣きたい気持ちを必死に堪え、なにやらおかしな顔になっていた。

日出男はやっぱり笑える気分ではなく、一人沈んでいる。

「はい、押しまーす」

夢二がセルフタイマーをセットすると、真ん中に走って並んだ。

「みんなで幸せになれる人ーーーっ！　笑えぇぇ！」

真田家以外の人々は本心からの笑顔でVサインをした。

カシャ。この時の写真は夢二は皆には見せるつもりはなかった。日出男の部分は空白になっているからだ。

「じゃ、みんな早く帰れ」

そう言うと、夢二はひらひらと手を振り、一人店に入っていった。

他の者たちは三々五々散っていく。まさかこれが夢二との最後の別れだなどと知る由もない。さらに、やがて夢二という存在があったことさえ記憶から消去されるのだ。

夢二は店に入り、後ろ手にドアを締めた。ドアの外で望月がまだ叫んでいるのが聞こえた。

「話終わってねえんだよ。友達無視していいんですかあ。開けろよッ」

ありがたいとは思う。だが、これぱかりは話してわかってもらえるようなことではない。

夢二は声を押し殺して泣いた。今まで自分を取り巻いていたもののなにもかもが愛おしい。

両親が亡くなった後、見よう見まねで店を続けた。一時期は客足が落ちたこともあった。それでも、夢二ライスのようにとにかくうまいものを客に食べさせたくて、仕入れにはこだわってきた。安い材料で食べ放題にするより、選び抜いた食材をうまく組み合わせてリーズナブルな価格設定にできるように日出男と吟味して、二人でやってきた。日出男目当ての女性客も増え、こんな辺鄙（へんぴ）な場所にあるのに、今じゃ人気店だ。そうだ。この焼肉ＳＡＮＡＤＡは夢二と日出男の二人三脚の賜物（たまもの）なのだ。この店から日出男がいなくなるのなら、それは自分の身体の半分がなくなるも同然だ。だから、自分は日出男と一緒に行くのだ。

店の表では、異変を感じる望月を想乃と詩文がなんでもないからとなだめすかしてなんとか帰した。

日出男は肩を落とし、俯いている。

想乃も詩文も兄たちの気持ちが痛いほどわかった。今夢二が店でどんな気持ちでいるのか、これまでの日々をきっと思い返して泣いているに違いない。そして、日出男もまたたまらない気持ちでいるのが震える肩を見ていればわかる。

突然日出男が走り出した。

「日出兄！」

想乃が呼び止めるが返事もせず、海に向かって思い切り走っていく。短距離走選手並に見事なフォームなのは、地球に来てまもなく目にした陸上競技の選手の動きをコピーしたからだ。

日出男は国道を横切り、浜辺へ降りた。走って走って、息が切れるまで走った。

地球人は死ぬ間際に走馬灯のようにこれまでの人生の記憶が脳裏に蘇るという。日出男も今、地球に来てからの記憶が一気に蘇ってきていた。楽しいことばかりだった。土星人としての自分を最初こそ驚いたものの、あっけなく受け入れてくれた真田の父と母。彼らは地球人の脳波をスキャンして、もっとも変化に対応できると判断された夫婦だった。

夢二もまた自分を弟として受け入れ、幼い頃は本当にかわいがってくれた。八歳だった想乃、四歳だった詩文のことは、記憶を操作して、ずっと一緒に育った兄だと思わせたが、夢二はすでに高校生だったから、両親ともどもそのままにした。土星にはない感情の暑苦しさに最初こそ戸惑いを覚えたが、真田夫妻譲りで夢二も根がファンキーだから、「土星人の弟? おもしれえじゃん」とすんなり家族に溶け込むことができた。

親戚に赤ん坊が生まれた時には驚いた。土星人は人工授精によって、滅菌処理されたカプセルの中で培養され、極めてシステマティックに誕生するからだ。地球人の繁殖の仕方は原始的だと教えられてきたが、そこに感情が伴うことで、イメージとはまったく違ったものだったのだ。それは先日鰻のビッグマミィが産卵した時の感動にも通じるものがあった。まだ感情どころか生き物らしい形をしていない卵の状態でも、母親には守らなければという絶対的な母性があるのだと目の当たりにした。

日出男は、自分でコントロールできない感情に揺さぶられ、目から涙が勝手にあふれてくる自分をもてあまし、走っていた。

海の向こうに夕陽が沈んでいく。地球時間の二十三年間、何度となく見てきた光景だ。朱色に染まる海は時間とともに藍色に変わる。太陽のかわりに、実はずっとそこにあった月が存在感を示し始める。星がチロチロとまたたき始める。北極星がはっきり見えた。

なんとか気を紛らわせたくて、火星観測隊に行っている同い年のシリ・カゲルのことを考えた。火星にも火星人がいる。あいつも同じようにサンプルの火星人を連れて帰ってくるのだろうか。火星には家族システムはあったのだろうか。土星の大学で学んだことを思い出そうとするが、今は気持ちが乱れて過去に学習したデータが呼び出せなかった。

でも、これほど原始的かつウエットな感情を持つ生物が棲息しているのは、銀河系では地球が最たるものだった。こんな苦しい思いをするくらいだったら、火星か水星にしておけばよかった。

もう遅い。出発は明日の朝なのだ。

「日出兄ィーー」

声に顔を上げると、想乃と詩文が向こうから走ってくる。想乃は腹を押さえながらだ。いつの間にかもう母親らしい仕種と気遣いが身についている。これが地球人の母親の本能というものなのか。

「……ダメだ。走るな……」

日出男は想乃の身体が心配になった。

「日出兄、帰ろう」

想乃と詩文に挟まれ、背中を優しく撫でられた。

「夢兄が店に来いって。今日は貸し切りだからなって」

日出男は俯いたまま頷いた。あたりはいつの間にか暗くなっていた。それでも波打ち際に小振りの石ころのような顔をしてジャガイモ型探査機がこちらを窺っているのはわかった。無言の圧力をかけてくる。

今夜だけは地球人真田日出男でいさせてくれ。日出男はそっと目をそらした。

21

焼肉ＳＡＮＡＤＡの店内はクリスマスのような飾りつけがされていた。まるでなにかめでたいことを祝うパーティーといった具合だ。

一つのテーブルには、みたらし団子や土星形の帽子パンに色とりどりの包み紙のチョコやキャンディーなど主に日出男と夢二の好きなスイーツがてんこ盛りになっていた。

通路を挟んだテーブルで真田四きょうだいは焼肉をしていた。店にはきょうだいしかいない。

「いただきます」

朝食の時と同じように手を合わせ声を揃える。

「焼肉屋やってると、みんなで焼肉食べられなくなるっていう焼肉屋あるあるだな」

夢二は涙など見せずに笑って言う。

「いつぶりだっけ」

想乃も明るく楽しそうだ。

「覚えてないよ、そんなこと」

詩文もカルビを頬張りながら楽しげに言う。

日出男だけがまだ無言だったが、三人がいつものように賑やかにしようと頑張っていることはわかる。なんとか顔を上げ、微笑みらしきものをつくって見せた。

日出男の皿に夢二が焼けた肉をスッと載せる。

確かにきょうだい四人であえて焼肉をすることなど久しくなかった。夕飯はいつも客の切れ目に賄い飯を厨房でかき込むだけだから、そもそも揃って食卓を囲むのは朝食だけだった。

最後の晩餐でようやくきょうだいで焼肉か。いつでもできると思ってたのが間違いだったな。孝行のしたい時分には親はなしという地球人がよく言う言葉が今さらながら真実だと日出男は思う。

日出男は弟と妹にせっせと食べごろになった肉を差し出し、焼肉奉行に徹するのだった。そうしなければ涙がこぼれそうだった。

そのうちに詩文がトングを横取りした。自分のペースで焼きたいらしい。それが結構焼き加減をわかっていて夢二は驚いた。

「詩文、おまえ、肉焼くのうまくなったな」

「当たり前やき。焼肉屋で生まれてんやぞ」

詩文は照れくさそうに笑う。

「日出兄が土星人だってさあ、後から考えたら納得できることいっぱいあったよなあ。ブランコ乗れないとか、写真撮りたがらないとか、車に轢かれそうになった時、なぜか車がヘンな動きして助かったとか、いっぱいあったき」

詩文が懐かしそうに言った。

「そんなのわかんねえよっ」と想乃が激しく突っ込む。

そこからきょうだいはこの二十三年の思い出話に花を咲かせた。改めて思い返してみれば、日出男がなにかに腹を立てたり、自分からケンカを仕掛けたりすることなど、ただの一度もなかった。そういう希有なキャラだと誰もが思っていた。だが、それは争いごとという概念がない土星人だからだったのだ。

「争わないのはわかった。でも、好きって気持ちはないの？」

想乃に問われ、日出男は小首を傾げる。質問の意味がよくわからない。

「だってさ、日出兄、すっごいモテたやき。なのに絶対に彼女つくろうとしないやき、てっきり興味ゼロなのかと思ってた」

なにがゼロなのか一瞬話の流れを見失ったが、どうやら性的嗜好のことかと日出男は察した。

「好きって気持ちは、地球人ほど強くないけどあるよ。なんとなくいいなってくらいだけど」

なるほどねえ。三人は大きく頷いた。どうやら執着し過ぎないのが土星人の特徴らしい。

そうは言ったものの、日出男はこの一年、地球時間の二十三年で自分が大きく変化したことに内心戸惑っていたのだった。うっすらといいなと感じるものが、どんどん好きになり、地球人が言うところの「愛してる」という感情を家族に持つようになってしまった。これは観測隊員としてはいけないことだった。観察の対象に過度に感情移入してしまうと、冷静な判断ができなくなるからだ。現に誰を連れていくかと探査機経由で本部から問われ、即答できずにいた段階で要注意だと思われている。もちろんそんなことは夢二たちには言えるはずもなかった。

「そろそろデザートもらおうかな。あ、帽子パンもあるんだね」

日出男は無理に笑顔をつくって隣のテーブルを見た。

そこからは夢二の好きな音楽をガンガンに流し、スイーツを食べながら踊ったり笑ったりとパーティーが続いた。夢二はみたらし団子にかぶりつき、日出男は帽子パンを土星喰いしながらちぎったパンを夢二の口に入れてやる。

そのうちに窓の外が白み始めた。

「……ふん。ニッポンの夜明けだ」

夢二がふてくされたような顔で言った。それを合図に皆押し黙ってしまった。

日出男がどこからか衣装を出してきて、黙って夢二に差し出した。着替えろということらしい。

着てみると、それは緑色をしたモンゴルの民族衣装によく似たもので、かぶせられたパッチワークっぽい中国帽は横浜の中華街で売っているみやげ物にそっくりだった。日出男も夢二と全く同じ服装になった。唯一違うのは、日出男は首から金色の真ん中に赤いボタンのついた大きな首飾りをつけていることだった。

これはまだ別れの宴(うたげ)が続くということなのか。なにか隠し芸でも始まるのか。想乃と詩文は首を傾げた。

夢二は真面目な顔で紹興酒(しょうこうしゅ)をあおっている。

「こんなに酔っぱらわねえ酒ってあるんだな」

夢二は詩文に向き直った。詩文は少し身構える。

「詩文。おまえは男やき、想乃のこと頼んだぞ。子供のこと頼んだぞ。家のこと頼んだぞ。あと保険とか墓とかもろもろ頼んだぞ」

「頼み過ぎだろ。そんなにできるかよ」

　憎まれ口をたたきながら、詩文は、兄貴はそれを全部やってきたんだよなと思っていた。やっぱ長男すげえ、夢二すげえ、口には出せないが。今は涙を堪えるだけで精一杯だった。

「ひとつ、これだけは約束しろ」

「なんだよ」

「店は畳め。おまえはおまえの人生を行け」

「……夢兄」

　詩文は絶句した。両親が亡くなった後、誰の目にも無理だろうというミュージシャンの夢を断念して地元に戻ってきたところまではむしろなんの不思議もなかったが、弟と妹のために店を継ぐというのは、やはりそれなりの覚悟が必要で、大変なことだったんだなと最近実感したのだ。それだけこの店は大切なもののはずだった。それを畳んでいいのか……。

　次に夢二は想乃の前へ行った。

「想乃、おまえは姉ちゃんやき、詩文のこと頼んだぞ。元気な子を産んで、カッコいい母ちゃんになれ。あんまり怒ってやるな。よく笑う子に育てば、それで充分だ」

「……夢兄」

想乃も言葉が出ない。夢二が生まれてくる子供をすでに愛していることがよくわかるだけに。

「ひとつ、これだけは約束しろ」

「なに？」

「店は畳め。おまえはおまえの人生を行け」

「同じかよ。まさかだよ」

「大事なことは繰り返すんだよ。あといつか子供にお父さんのことを訊かれたら、こう言え」

なんだなんだ。なんと言えばいいんだ。ダメンズだったからこっちの記憶を消去してあるとでも言えというのか。あんな男ならいない方がましだとでも言うのか。想乃はドキドキしながら夢二の言葉を待った。

「……流れで言っちゃったけど、なんも思いつかねえ」

聞いていた三人はずっこけた。

「バカが！」想乃と詩文が同時に叫ぶ。

「これが夢二やき」

想乃は自分のお腹に語りかけた。伯父さんはバカだけど、いいヤツなんだと心の中でつけ加えて。

「時間だ。発射準備に入る」

声の主はテーブルの端っこに乗っかっていたジャガイモ型探査機だ。きょうだいはいつも生活のどこかで視界に入ってきていたジャガイモがよもやスパイのような探査機だと知った時には、茹でてマヨネーズかけて食ってやると息巻いていたのだが、今となってはもう受け入れていた。

「……想乃、詩文、ごめんな。俺が来たばっかりに」

日出男がまた肩を落とした。ここ数日は遠慮し過ぎて、透けてしまいそうだ。

「本当だよッ」

そんな日出男に想乃と詩文は遠慮なくクレームの言葉を浴びせる。

「けど、日出兄だって、ずっと兄ちゃんだからね」

想乃の言葉にうんうんと頷きながら、日出男は涙を一粒こぼした。

「俺、どっちかっつったら、夢兄より好きだった」

詩文の言葉に、今さらそれを言うかと夢二が鼻を膨らませた。最後の最後まで真田家はまとまっているのかいないのかわからない。

「一年間お世話になりましたッ」

日出男が三人に深々と頭を下げた。

「二十三年だから」

想乃と詩文が同時に言う。

「ありがとう……」

日出男はあの女性をメロメロにする少し気弱そうな、それでいて爽やかな微笑みを浮かべた。

日出男は店の片隅に畳んで置いてあった座椅子を通路に広げた。想乃たちにはいまだにこれが宇宙船であるということが冗談としか思えなかった。

夢二はパンパンに膨らんだリュックを背負った。中にしまいきれなかったのか、中学の修学旅行で行った小江戸川越の提灯や暇つぶしのゲームまでもがくくりつけてある。それだけではなく緑色のスーツケースまで引っ張り出してきた。

「兄ちゃん……」

日出男が絶句している。

「なにやってんの？」と想乃。

「これか？　これは土星に行く俺の荷物やき。一応着替えは一週間分、食い物が合わないと困るから、インスタントラーメンやレトルトのカレーも入ってる」

「下ろしな」

「下ろさねえよ。なんでだよ」

夢二は土星に連れていかれるということがどういうことなのか本当にわかっているのか。想乃と詩文は急に不安になった。旅行に行くわけじゃないのだ。

「あきらめなって。持ってけないから」と、詩文がリュックを下ろさせようとするのに必死に抵抗する。

どうやらこの小さな宇宙船というか座椅子には荷物は積めないのだとようやく理解した夢二はしぶしぶすべての荷物を手放した。

日出男が座椅子に座り、その膝の上に夢二の大きな身体が座った。

「兄ちゃん、本当にごめんなさい」

「謝るなっつったろ。特にこの体勢で謝るな」

日出男は夢二の太いウエストに後ろから腕を回した。

「にしても、ニッポンを出たこともない俺がまさか宇宙に行くことになるとはな」

想乃は座椅子に座った二人の兄を見下ろしていたが、ついに耐えきれなくなって言った。

「ダメだ。ごめん、待って。これ、大丈夫なの？」

「俺も最低限宇宙服は出てくると思ってた」

　宇宙旅行ってもっと壮大なものじゃないのか。「未知との遭遇」的なすごいスペースシップが迎えに来るのではないのか。なんなんだ、このお茶の間感満載な感じは。

「宇宙服？　これがそうだよ」

　日出男は着ているモンゴル風の衣装を指して言った。

「え、その服って余興用じゃない？」と想乃が目を丸くする。

「宇宙船はこの座椅子だし」

「そんなわけないが！」

　詩文は日出男が冗談を言っているのだとまだ思っている。

「じゃあ、外してみ？」と、日出男は夢二の腰に回した自分の腕を示す。

　詩文はまだおちょくられているのだろうかという顔で日出男の腕をつかんで引っ張ったが、それは鋼鉄のようにびくともしなかった。想乃が加勢しても同じだ。しまいに二人は勢いをつけ過ぎて後ろに尻もちをついてしまった。

「椅子から土星の磁力が発生しているから、トロ・ピカルの意思以外で外れることはない」

ジャガイモが言った。

ああ、そうか。細かい機械なんて必要ないくらいに土星人の知性は高いのか。想念だけですべてコントロールできてしまうのか。今まで日出男が見せてくれた超能力の威力を思い返し、ここに至ってようやく想乃と詩文にも、この一見ふざけているとしか見えない宇宙船こそ、とてつもなく高度なものだと思えてきた。

しかし、ホントか？

それにしても宇宙服の方はどうなのだと思っていたら、ジャガイモが続けた。

「服も二千度まで耐えられる」

二千度だと？　そういえば、土星とは何かをググった時、あまりにも使われている用語がチンプンカンプンで理解できなかったのだが、とにかく強風が吹いていて、表面温度もとてつもなく高いようなことが書いてあったと想乃は思い返していた。

このセンスなら、案外夢二も土星でやっていけるのかもしれない。

「行くぞ」

ジャガイモはひょいと日出男の肩に乗った。一見ペットのようだが、全然かわいくはない。

「発射まで十秒。カウントダウン開始。イレブン」

「テンじゃねえのかよ」

想乃がまたしても文化のズレに黙っていられなくなる。しかし、ジャガイモは続ける。

「ナイン」

「間違えたんかい！」

「いいか、覚えとけよ」

夢二が緊張しながらも最後のメッセージとばかりに二人に告げる。

「エイト」

「家族ってのはな、みんなが必死になって」

「セブン」

「つくっていくものだ」

「シックス」

想乃と詩文はうんうんと頷いた。こちらも真剣だ。しかし、カウントダウンは情け容赦なく続く。

「ファーイブ」

「……時間あまっちゃった」

夢二の遺言もそこまでだった。人間急には変われないのである。

「大好きだよ！　バカ野郎！」

想乃が涙目で叫ぶ。

「俺もだ、バカ野郎！」と詩文。

およそ愛する兄に向かって言う言葉ではないが、真田家では、これこそが「親愛なる」に匹敵する言葉なのである。

「来世で会おうな！」

「絶対！」

来世……もう生きて会うことがないのはわかっているのだ。それほどまでに土星は遠い。

「ゼロ！」

「じゃあな！　元気に生きて死ね！」

その言葉とともに座椅子にしか見えない宇宙船はすごい勢いで上昇を開始したかと思うと、あっという間に天井を突き破っていった。

「俺だって大好きだ！　バカ野郎。ウワーーーーッ」

日出男の声の最後の方ははるか屋根のはるか上から聞こえた。

あとは驚愕(きょうがく)の悲鳴の嵐である。

想乃と詩文は天井に大きくあいた穴から呆然と空を見上げていた。朝焼けの澄みきった空に飛行機雲のような煙の筋が上へ上へと昇っていくのが見えた。

座椅子もとい小型宇宙船はすごい勢いで上昇していった。全身にかかるものすごい重力に夢二の顔はひきつっている。それでも後ろにいる日出男の存在が頼もしく感じられているのは確かだった。

日出男が耳元でなにか言った。

「え？」

「平気じゃない時、平気なフリをする。それは土星人も同じ」

そう言うと同時に、腕ベルトを開放した。しっかりと固定されていた夢二の身体が途端に不安定になる。

「おい、日出男！」

「絶対また会いに来る。その時はこう言うよ――シャララーーーッ！」

次の瞬間、夢二の身体は落下を始めた。今飛んできた方向に向かって逆回転するようにまっさかさまに落ちていく。

落ちていく夢二の視界に速度を上げた日出男の背中がどんどん小さくなっていくのが

見えたが、どうすることもできない。

やがて夢二は焼肉SANDAの屋根に落下した。恐らくこの間は十秒もなかったはずだ。

夢二は屋根の上のAのサインの上に落下した。なんとかしがみついているが、発射した際にあいた穴の周辺を炎がなめている。そして、煙がもくもくと吹き出していて、目にしみるし、なにしろ熱い。モンゴル風宇宙服は本当に熱を通さず、落下の衝撃もやわらげた。だから、身体はなんともないのだが、顔は熱く、煙でむせた。ついに堪えきれなくなって地面に落下した。

続いて大の字に倒れていた夢二の上にAが落ちてきた。

「やっべえー！　Aで動けねえ」

すぐに想乃と詩文も飛び出してきて夢二を助け起こしたのだが、三人とも完全にパニックである。

夢二は日出男の名を叫び続けていた。

日出男は、最後の最後に土星に帰ってからの処罰覚悟で夢二を助けたのだ。あいつのことだから最初から決めていたに違いない。それを言えば、夢二が絶対に許さないのはわかっていたから、本当に土星に連れていくフリをして土星本部をも欺いたのだろう。

いかにもあいつらしい。

だからこそ、夢二は叫ぶのをやめられなかった。叫んだところで戻ってくるわけもないのはわかっていても、止められなかった。

　三人は日出男を思って泣いた。

　店を燃やした火は高速で天井を突き抜けた時の摩擦熱だけだったらしく、屋根の一部を焦がし、店名のサインが落ちた程度の損害で済んだ。

落ちたサインと屋根の破片をよくよく見ると、「SAヨNAラ」に見えないこともなかった。これも日出男の計算だったのだろうか。

　日出男が確かに存在した証拠の軌跡は、どんどん上へ上へと延びて、雲の一部とかわらないくらい薄くなっていった。

　この後何日くらいで土星に着くのかわからないが、きっと命令違反で捕らえられて、裁判かなんかにかけられるのだろう。その後はバーム・クーヘン刑務所に入れられ、地球時間の二百年以上を過ごすのか。

　そう考えると夢二たちはたまらなかった。なのになにもしてやれないのがもどかしい。

　せめてできることは、日出男とその思い出を忘れないことだ。三人はそれぞれにそう決めたのだった。

ありがとう、日出男。
さよなら、日出兄――。

22

日出男が真田家から消え、五カ月の歳月が流れた。

朝食の時に日出男の席がぽっかり空いていることには、いつまでも慣れない。

それでも、日々は続く。生きていかなくてはいけないのだ。

三人が驚いたことに、なんと日出男にまつわる記憶は、真田三きょうだい以外の人間の記憶からは完全に消えていたのである。どうやら日出男が旅立つ前に操作していたらしい。

あまり友達のいない日出男だったが、それでも時には誘われて友達と飲みに行ったり、草野球に興じることもあった。野球も土星にはないので、下手すぎてレギュラーには入れてもらえなかったが、見ているのは好きだったから、日出男がいると応援席が盛り上がると喜ばれていた。そんな仲間の記憶からも日出男はキレイさっぱり消えた。そうなると、日出男の友達に街で会って挨拶をしても、「誰だっけ？　どっかで会ったことあるんだけどな」という怪訝な顔をされた。つまり日出男を通して顔見知りになった人間からは、その関係者としての記憶までもが消去されていたのだ。丁寧な仕事ぶりである。

そして、焼肉ＳＡＮＡＤＡである。屋根に穴があき、屋号のサインが落ち、結構悲惨な状態になった店だったが、店内には被害はほとんどなかったので、プチリニューアルで済んだのだった。店の外装には赤々と燃える炎のイラストを施し、かなり攻めた外観となった。店自体が燃えているパッションが一日でわかり、おかげで一見さんのお客が増えた。

夢二は夢二ライスの他に「日出男ライス」という新メニューをつくった。これは真ん中にカルビを丸くこんもりと盛って、土星の輪っかにあたる部分にねぎとろとしらす、キムチなどをまあるく配置したものだ。

客には「日出男って誰？」と訊かれることとなったが、夢二も詩文も「まあ、家族？みたいなもんやき」と答えたから、想乃に子供が生まれることを知っている者には勝手に気の早い伯父さん愛が暴走していると思われた。

そして、詩文はガソリンスタンドの仕事を辞めた。仕事は嫌いではなかったのだが、もともとなんとなく入ってしまった会社でもあり、未練はなかった。

辞めてどうしたかといえば、当然ながら焼肉ＳＡＮＡＤＡの副店長となったのである。日出男にまつわる記憶は人々から消えても、客の数が減るわけではない。日出男目当てで来ていた若い女性客も無意識に習慣で足を運んでしまうらしく、なんだかんだとお客は途切れることはなかった。

そんなこともあり、バイトのヨンソとミゲルだけでは回らず、詩文が店に入ることにしたのである。休みのたびに手伝っていたので、やることはわかる。日出男ほどではないにしても、ちょっとボーッとしたところが魅力だと、意外に客の評判もいい。

想乃は、クリーンセンターの仕事を続けていたが、さすがに出産間近となり、産休に入った。母親のいない想乃にとって一番頼りになるのがあかりである。あかりには、ずっと以前に神内と歩いているところを見られたことがあり、付き合っていることは知られていたが、そのくせ想乃がちっとも幸せそうではないのを見ていたので、別れたことに対してはなにも言われなかった。さすがに神内の記憶が消去されているということまでは言えなかったが。

あかりが一人で子供を産むことについて、簡単じゃないと言ったのも、夫を亡くして女手ひとつでゆめを育ててきた苦労あってのことだ。しかし、いったん女が心を決めると強い。それはあかりもよくわかっていて、陰になり日向（ひなた）になり助けてくれ、なんでも話せる想乃の心強い友となった。

そんなこんなで、真田家の三きょうだいは、次男日出男を忘れることなく、星空を見上げては、バーム・クーヘン刑務所でつらい思いをしているんじゃないかとため息をついたり、日出男のあの飄々とした性格を思い出しては笑ったりしていた。

ただ、三人以外の人間の記憶に日出男がいないのを忘れて、夢二は「それ、日出男によく言われてよ」なんて具合に望月にかつての日出男のおもしろエピソードを語った時、「日出男って誰？」とキョトンとされ、忘れ去られるというのはこういうことかと痛感させられた。

「それがさあ、ゆめちゃんはうっすら覚えてるみたいなんだよね」

想乃がそう言ったのは、ある日の朝食の席でのことだ。大きなお腹を抱え、子供の分だとてんこ盛りのご飯をかき込みながら、そういえばと話し出したのだった。

ゆめは絵が上手で常にスケッチの道具を携えている。見えているものを見えたままに描くこともあれば、大人には見えていないがゆめの目には見えているものを描くこともあった。

日出男が去る前日、店の前で皆で記念写真を撮った。真ん中に日出男が入っていたが、当然ながら写っていない。けれど、この日のことがゆめには妙に印象深かったらしい。恐らく想乃たちが迫り来る別れに今にも泣き出しそうな雰囲気をかもしだしていたからだろう。あの日のことをゆめは絵に描いた。

「なんかね、いない人を描くんですよ。もしかして幽霊かな」

あかりが心配そうに言ったのだった。想乃はその絵を見せてもらった。見た瞬間、想乃はまぎれもなく日出男だった。ちょっと困ったような優しげな笑顔。

涙がこぼれそうになって焦った。

「ひでにぃですよね。ひでにぃですよね」

ゆめは想乃の耳元で囁(ささや)いたので、うんうんと頷き返して見せたのだった。あかりが怖がるといけないので、「これは真田家の守り神だと思う。座敷わらし的な」とかなんとか言ってスケッチをもらい受けた。

そんなわけで写真ではすっぽり抜けてしまっている日出男は、ゆめのスケッチの中ではしっかり生きていた。想乃はその絵を額に入れて、両親の写真の近くに飾った。

日出男は二十三年もこの地球、この家にいたのに、その痕跡はもう三きょうだいの記憶とこの絵だけになった。

エピローグ

暦の上では秋とはいえ、残暑の厳しいある晴れた日。和室に敷かれた布団の上で、今まさに想乃が産みの苦しみにあえいでいた。

大きく広げられた足元には地元の産婆が来ている。そう、想乃は今どき珍しい自宅出産を選んだのである。それもこれも医者が驚くほどに順調だったからできたことではあるのだが。

「頑張れ、想乃！」

「キバれ〜」

「しっかりしろッ」

応援団は夢二と詩文である。産気づいたのが昼過ぎのことで、二人とも予定が入っていた。

「俺は群がる女たちをフッて帰ってきたんだぞー」

「ウソつけ……」

想乃は苦しい息で笑う。

　夢二は定番の白いスーツに黒いシャツ、白のパナマ帽が粋である。実はこの日は婚活ランチパーティーだったのだ。さすがに甥だか姪だかが誕生となれば、戻るしかない。おかげでまたノーマッチングの残念さを味わうことなくここにいる。

　詩文はヤキニクサナダのTシャツにエプロン。店で仕込みの最中に呼び戻された。

「姉ちゃん、チャッチャヤッと頑張れ。今日は宍戸のリアル予約入ってんだからさあ」

　勝手な言い分ではあるが、本当に宍戸の会社の納涼会という予約が入っていた。今回は誠意を示して請求していないのに内金まで払っているので、間違ってもドタキャンはないだろう。

「まったく……どいつもこいつも……」

　新しい命が誕生しようとしているというのに、相変わらず慌ただしい真田家である。

「く〜〜〜！　早く出てこいッ。地球も悪くないぞ」

　次の瞬間、想乃は身体の半分がシュポンという感じではずれるような感覚に襲われ、産婆の「産まれましたッ」という声が聞こえた。

　そして、数秒後、おぎゃあおぎゃあという元気な産声が部屋に響いた。

「やったー！　どっち⁉」

「はい、お母さんそっくりやね」と産婆が想乃の胸に抱かせてくれた赤ん坊を夢二と詩文が覗き込む。

シワシワでE.T.みたいな顔だが、どことなく愛嬌(あいきょう)がある赤ん坊は男の子だった。

「よーし、写真撮るぞ、写真！」

男たちは息もたえだえの想乃をいたわるでもなく、ノーテンキである。

想乃も「よし」となかなかたくましい。

夢二と詩文がカメラのセットのために縁側の方へ足を向けた時だった。産声に続き、
三人の耳にはっきりと聞こえた。

「シャララー……」

えっ⁉ えええええっっ⁉

土星の言葉で「シャララ」は「また会える」。

三人は赤ん坊の顔を見た。

日出男……？ 日出男なのか？

「おかえり」

夢二がつぶやいた。

一瞬、赤ん坊がニッと笑った気がした。

そして、すぐに生まれてきたことを全世界に宣言するかのように元気な声で泣き始め

たのだった。

真田家は賑やかである。今日も、そして、これからも――。

END

美術：小泉博康　装飾：佐藤政之　編集：川村紫織
VFXスーパーバイザー：齋藤大輔 長井由実
衣裳：白石敦子　ヘアメイク：内城千栄子
特殊造形・デザイン：百武朋　音響効果：松浦大樹
スクリプター：石川愛子　助監督：杉岡知哉
制作担当：加藤誠　宣伝プロデューサー：大﨑かれん
製作幹事：エイベックス・ピクチャーズ ポニーキャニオン
配給：ハピネットファントム・スタジオ
後援：高知県 高知市 土佐市 四万十市 須崎市 津野町

宇宙人のあいつ

CAST

中村倫也 伊藤沙莉 日村勇紀 柄本時生
(バナナマン)

関めぐみ 千野珠琴 細田善彦 平田貴之 山中聡

井上和香 設楽統 山里亮太

STAFF

監督・脚本：飯塚健

主題歌：氣志團「MY SWEET ALIEN」
(影別苦須 虎津苦須)

音楽：海田庄吾

製作：勝股英夫 大熊一成 小西啓介 黒岩克巳 佐竹一美
古味竜一

エグゼクティブプロデューサー：瀬戸麻理子 菊池貞和
宇田川寧

プロデューサー：高尾沙織 柴原祐一

共同プロデューサー：布川均 大畑利久 田中勇也

ロケーションプロデューサー：古味竜一

ラインプロデューサー：濱松洋一

撮影：相馬大輔　照明：佐藤浩太

録音：反町憲人 川俣武史

宇宙人のあいつ　朝日文庫

2023年4月30日　第1刷発行

脚　本　飯塚　健
小　説　国井　桂
発行者　宇都宮健太朗
発行所　朝日新聞出版
〒104-8011　東京都中央区築地5-3-2
電話　03-5541-8832(編集)
03-5540-7793(販売)
印刷製本　大日本印刷株式会社

Published in Japan by Asahi Shimbun Publications Inc.
定価はカバーに表示してあります

ISBN978-4-02-265096-2
落丁・乱丁の場合は弊社業務部(電話 03-5540-7800)へご連絡ください。
送料弊社負担にてお取り替えいたします。